Lo que sé de los hombrecillos

Juan José Millás

Lo que sé de los hombrecillos

Primera edición: febrero de 2023

Printed in Spain – Impreso en España

ISBN: 978-84-204-7549-3
Depósito legal: B-21530-2022

Compuesto en MT Color & Diseño, S. L.
Impreso en Huertas Industrias Gráficas, S. A., Fuenlabrada (Madrid)

AL75493

Lo que sé
de los hombrecillos

1

Estaba escribiendo un artículo sobre las últimas fusiones empresariales cuando noté un temblor en el bolsillo derecho de la bata, de donde saqué, mezclados con varios mendrugos de pan, cuatro o cinco hombrecillos que arrojé sobre la mesa, por cuya superficie corrieron en busca de huecos en los que refugiarse. En esto, entró mi mujer, que ese día no había ido a trabajar, para preguntarme si me apetecía un café. Cuando llegó a mi lado ya no quedaba ningún hombrecillo a la vista, solo los pedazos de pan y algunas migas.

—¡Qué manía! —dijo refiriéndose a mi hábito de guardar en los bolsillos mendrugos de pan cuya corteza roía con los mismos efectos relajantes con los que otros fuman o toman una copa.

Le disgustaba esta costumbre, aunque mis mendrugos no hacían daño a nadie y a mí me proporcionaban placer. Por lo general, tras escribir un párrafo del que me sentía satisfecho, sacaba uno del bolsillo y le daba tres o cuatro bocados mientras pensaba en el siguiente. Por alguna razón, asociaba el ejercicio de roer a la producción de pensamiento.

Cuando mi mujer abandonó la habitación, respiré hondo, aliviado de que no hubiera visto a los hombrecillos. De otro modo habría pensado que estaba loca y yo no habría sabido convencerla de lo contrario. Deduje que se habían metido en el bolsillo de la bata por la noche, atraídos por los mendrugos de pan, que quizá eran capaces de olfatear. Pese a la rapidez con la que desaparecieron, me dio tiempo a advertir que eran como los recordaba de otras ocasiones: delgados y ágiles cual lagartijas. Llevaban, sin excepción, trajes grises, camisa blanca, corbata oscura y sombrero de ala a juego, igual que los actores de cine de los años cincuenta y sesenta del pasado siglo. Algunos cojeaban al correr, quizá les hubiera hecho daño sin darme cuenta al sacarlos del bolsillo.

Tras pensar un rato en ellos, intenté olvidar el incidente y volví al artículo con poca disposición, pues tenía la mente dispersa, no ya por los hombrecillos, sino porque le daba vueltas esos días a la posibilidad de dejar las clases de doctorado, productoras de más contrariedades que de satisfacciones. Al jubilarme, había sentido como un halago el nombramiento de profesor emérito, distinción reservada para unos pocos. Amortizada esa satisfacción, consideré que me había equivocado. Yo era muy puntilloso (muy obsesivo, dirían otros) con el trabajo y aunque a aquellas alturas no necesitaba preparar las clases, detestaba enfrentarme a los alumnos sin haber trabajado previamente la materia. Cuando hablaba de estas dudas con mi mujer, ella me animaba a continuar.

—Son muy pocas horas al mes —decía—. Además, las clases te obligan a salir de casa, a relacionarte con la gente. No las dejes, o espera al curso que viene y lo piensas durante el verano.

Ella temía que acabara abandonándome si prescindía de los pocos compromisos que todavía me obligaban a salir de casa. Dado que yo compartía ese temor, me afeitaba y me duchaba todos los días. Y aunque pasaba la mañana en pijama y bata, porque me encontraba así más cómodo, a la hora de comer me vestía, tuviera o no que salir. En cualquier caso, un par de veces a la semana iba a hacer la compra, tarea que había asumido con gusto al jubilarme. El ajetreo del mercado (teníamos uno tradicional muy cerca de casa) me ayudaba a pensar. No era raro que las mejores ideas para mis artículos surgieran mientras hacía cola en la pollería o en el puesto de la fruta.

Al poco de que mi mujer abandonara la habitación, y como hubiera olvidado un trozo de pan sobre la mesa, un hombrecillo asomó la cabeza por detrás de la carpeta donde guardaba los recortes de los periódicos. Seguí a lo mío, como si no hubiera advertido su presencia, y cuando se encontraba cerca del pan estiré el brazo y lo atrapé en un movimiento rápido, como el que efectuábamos de niños para cazar moscas, procurando no hacerle daño. Dejé fuera del puño su cabeza, para que respirara, y acerqué una lupa que tenía sobre el escritorio a su rostro. Me pareció un hombrecillo joven, como de treinta o treinta y cinco años, no más de cuarenta en todo caso. Le pregunté por qué no había visto nunca mujercillas de su tamaño, pero no logré oír su respuesta, aunque movió los labios, muy finos, como si fuera capaz de articular palabras. Quizá hablaba, pensé, por medio de ultrasonidos que mis oídos no podían captar. Detrás de aquellos labios se veían, por cierto, unos dientes blanquísimos. En cuanto a la lengua, me pareció que terminaba en una punta extremadamente aguda, como la de los pájaros.

En ese momento sonó el teléfono, pero no lo cogí. Descolgó mi mujer en otra parte de la casa y entró enseguida en mi despacho con el inalámbrico.

—Del periódico —dijo alargándome el aparato.

Era el redactor jefe. Quería saber cuándo tendría listo el artículo sobre las fusiones empresariales, asunto muy de actualidad porque una farmacéutica grande acababa de deglutir a una pequeña como el que se toma un ansiolítico. Le dije que se lo haría llegar en un par de horas y colgué.

Cuando mi mujer salió de la habitación, abrí la mano en la que había ocultado al hombrecillo y lo deposité sobre la mesa, cuya superficie recorrió, aturdido, de un lado a otro, como si hubiera perdido el sentido de la orientación. Sus movimientos, pese al desconcierto de que era víctima, resultaban muy elegantes, lo que atribuí a la longitud de sus piernas. Tras recorrer el tablero en ambas direcciones, sin preocuparse por mi presencia, saltó al cajón de la derecha de la mesa, que estaba un poco abierto, y se perdió en sus profundidades. Yo regresé al artículo sin ganas y saqué adelante un texto previsible, lleno de ideas tomadas de aquí y de allá, que quizá, por otra parte, era lo que en el periódico esperaban.

2

Pese a que continué dejando, a modo de cebo, mendrugos de pan en los bolsillos de mi ropa y por los rincones de mi cuarto de trabajo, estuve varios días sin ver hombrecillos. Comprendí entonces que su presencia dependía también de mi estado de ánimo. De hecho, al evocar otras apariciones, advertí que solían manifestarse cuando sucedía algo raro por la mañana, en el momento de despertar: la sensación, por ejemplo, de que mis músculos eran prestados, no porque funcionaran mal, sino porque yo era consciente de su funcionamiento, como cuando tienes agujetas o gripe. De todos modos, seguí tentándolos con pan duro por todas partes, a la espera de las agujetas o la gripe.

Pasó el tiempo y un día, al despertar, me noté raro. Recuerdo que me incorporé somnoliento y que permanecí sentado en el borde de la cama durante algunos minutos, haciéndome cargo de aquella extrañeza familiar (valga la paradoja) que siempre era bienvenida, pues resultaba enormemente creativa. Mi mujer, aún dormida, roncaba con delicadeza detrás de mí. Me pareció que había en su resuello una especie de voluntad musical, de armonía. Luego me levanté, me puse la bata, pasé un momento por el baño y regresé al dormitorio para despertarla con suavidad.

—Voy a preparar el desayuno —dije.

—Me levanto enseguida —respondió ella.

Me dirigí a la cocina, llené de agua el depósito de la cafetera tras asegurarme de que no había ningún hombrecillo en su interior, coloqué el café en su receptáculo y la encendí. Luego pelé dos plátanos, que partí en rodajas y que coloqué en un plato, junto a dos rebanadas de melón también troceadas. Aunque estaba despierto, tenía la sensación de moverme en un espacio onírico, pues la realidad, al menos la realidad periférica, gozaba de la elasticidad característica de los sueños. Como teníamos la tostadora averiada, puse dos rebanadas de pan sobre la sartén, con unas gotas de aceite, y esperé pacientemente a que se doraran. Saqué entonces del armario la lecitina de soja, el polen y un tónico mental que nos habían recomendado en el herbolario, y lo dispuse todo sobre la mesa.

Enseguida apareció mi mujer duchada, perfumada y vestida. Llevaba una falda negra, de piel, y un jersey de cuello alto, morado y fino, que acentuaba su delgadez. Ella ignoraba que yo aguardaba con cierta ansiedad esta aparición suya cada mañana. Y aunque sabía que se arreglaba para los otros más que para mí, no dejaba de asombrarme aquella voluntad de gustar que la mayoría de la gente perdía con los años y que en ella, sin embargo, permanecía intacta.

Mientras desayunábamos, me dijo que se quedaría a comer con unos compañeros para hablar de las elecciones, pues estaba formando un equipo con el que había decidido presentarse como candidata a rectora de la universidad. Le dije que no se preocupara, pues yo tenía mucho trabajo ese día y solo tomaría para comer una ensalada.

—Prepararé algo más sólido para la cena —añadí.

Recuerdo que en ese instante el patio interior al que da la cocina se iluminó brevemente por un rayo cuyo trueno sonó enseguida, como si la tormenta estuviera encima de la casa.

—Ayer anunciaron lluvia —señalé yo.

—Qué fastidio —añadió ella, como si dudara de haberse puesto la ropa adecuada.

—Cuando seas rectora —bromeé—, tendrás un coche oficial que te recogerá a la puerta de casa y te llevará hasta la puerta del despacho.

Ella hizo un gesto de pudor, como si mi comentario la ofendiera, aunque en el fondo la halagó. Luego la acompañé a la puerta, como todos los días, y le di un beso deseándole una buena jornada. Enseguida regresé a la cocina y en vez de meter los platos sucios y las tazas en el lavavajillas, como hacía habitualmente, decidí lavarlos a mano, pues fregar cacharros me relaja y me ayuda a pensar. Hacía todo sin agobios, sin prisas, a cámara lenta, como los días de gripe, de tensión baja, o de agujetas. Me gustaba sentir el chorro de agua caliente sobre las manos y observar las formas que dibujaba la espuma del jabón líquido sobre la superficie de los platos. Oí otro trueno, cuyo rayo no había percibido, y me pareció reconfortante la idea de que hubiera una realidad exterior que afectaba muy poco a mis hábitos. Algunos días, a esa hora, escuchaba la radio mientras recogía la cocina y la información sobre el tráfico me parecía un parte de guerra, de una guerra que no me concernía.

El primer hombrecillo apareció dentro de la taza que acababa de emplear mi mujer. Su delgadez le proporcionaba la agilidad de un reptil bípedo (si los hubiera, que creo que sí). Se estaba comiendo los restos del desayuno de mi esposa. Lo observé hasta que se dio cuenta de mi presencia, pero no hizo nada por huir. Parecía dar por supuesto que entre él y yo había alguna clase de complicidad, algún tipo de acuerdo. Me llamó la atención que no se manchara el traje, pese a chapotear en los restos del café como un niño en el barro.

—¿Por qué no te manchas? —pregunté.

Me miró un instante y siguió a lo suyo, por lo que dejé la taza a un lado, no iba a fregarla con él dentro. El segundo hombrecillo salió del interior de una licuadora en desuso. Sin preocuparle tampoco mi presencia, empezó a dar cuenta de un trozo de tostada abandonado sobre la encimera. Al poco la cocina estaba llena de hombrecillos cuyo desinterés por mí resultaba sorprendente. Me habría quedado a observarlos, pero se trataba de un día de la semana en el que tenía que enviar dos artículos, de modo que tomé la bayeta y la pasé por la encimera con cuidado de no dañar a ninguno. Ellos siguieron a lo suyo, como si yo no estuviera delante, o como si fuera su cómplice, quizá su protector. Mi primer artículo versó sobre la influencia de la subida de salarios en la inflación y el segundo sobre el mercado de futuros en tiempos de crisis energética. Tras enviarlos, dormité un poco sobre la mesa de trabajo. Luego me preparé un sándwich vegetal.

3

Hubo luego unos días de calma chicha familiar, sin hombrecillos. El domingo, como era habitual, vinieron a comer la hija de mi mujer y su marido, con los niños (una cría de seis años y un bebé). El marido, economista, trabajaba en un banco. Mientras yo preparaba la ensalada, él, sentado a la mesa de la cocina, con el bebé en brazos, me hacía partícipe de sus preocupaciones. Había aconsejado mal a un cliente importante que ahora pedía su cabeza a la dirección. La responsabilidad era suya por no haber calculado los riesgos y no haber tenido en cuenta el perfil inversor del cliente, pero también del banco, que cuando necesitaba liquidez presionaba a los empleados para que captaran dinero con productos financieros en los que con frecuencia había algo de improvisación.

Me pareció que esperaba mi consejo, pero me limité a decir cuatro generalidades que cualquier inversor experimentado conocía de sobra. No me gustaba influir en cuestiones tan delicadas. En general, detesto dar consejos (y recibirlos). Tuve, por otra parte, la impresión de que el hombre estaba sobrepasado por la situación familiar (el bebé había sido producto de un descuido) más que por la laboral.

Mientras limpiaba la lechuga, salió de entre sus rizos una tijereta increíblemente ágil, pese a que había estado en la nevera. Me asusté y retiré la mano violentamente. Luego sonreí.

—Nada, un bicho —dije, volviéndome, al yerno de mi mujer, que se había sobresaltado con mi gesto.

Llegado que hube al corazón de la lechuga, encontré también un caracol pequeño y roto. La textura de su carne me recordó a la de los hombrecillos.

—Si no limpias bien las verduras, te comes cualquier cosa —sentencié en voz alta, mostrando el caracol.

Luego, al romper los huevos cocidos y retirarles la membrana, me asombró, como siempre, el talento económico de ese producto biológico. Andaba desde hacía meses detrás de escribir, medio en broma, medio en serio, un texto acerca de las virtudes financieras del huevo de gallina. Pero era preciso sortear muchos tópicos antes de alcanzar alguna idea original. Había demasiados análisis de la evolución biológica volcados sin criterio alguno en el ámbito económico. En fin, que me daba pereza abordar el asunto sin que dejara por eso de atraerme.

De repente, frente al huevo cocido (un óvulo cocido, reflexioné), sentí una especie de invasión de lo biológico que me turbó. Yo era biología. El yerno de mi mujer y su bebé, al que en esos momentos acunaba, eran también dos sucesos biológicos. Mi mujer y su hija, y Alba, la pequeña de seis años, que conversaban en el salón, eran asimismo ocurrencias biológicas. La lechuga era un hallazgo biológico. Pero la cáscara de todo eso (quizá también su entraña) parecía económica. Estaba a punto de atrapar una idea interesante cuando el yerno de mi mujer se interesó por mis clases de la facultad.

—Estoy un poco harto —dije—, quizá las deje.

—¿Y eso? —preguntó acunando al bebé.

—No sé, los alumnos no me interesan, ni yo a ellos. No me estimulan intelectualmente. Cada año vienen menos preparados, menos curiosos, más acomodaticios.

Entonces el bebé se puso a llorar.

—Es la hora del pecho —dijo él levantándose para ir al salón.

Al quedarme solo abrí el horno para ver cómo iba el cordero (más biología), y aunque lo había revisado antes de encenderlo para cerciorarme de que no había ningún hombrecillo en su interior, pensé con inquietud en la posibilidad de que alguno hubiera podido caer en el asado, cuya base era de patata y cebolla. ¿Qué pasaría si al servir la carne alguien encontrara en su plato uno? ¿Lo apartaría educadamente, sin decir nada, como cuando se retira un pelo de la sopa, o lo señalaría con espanto?

Aunque no era en absoluto responsable de la existencia de los hombrecillos, imaginé que los rostros de los comensales se volverían acusadoramente hacia mí. Preocupado por este asunto, y aunque el cordero no estaba hecho del todo, saqué la bandeja y lo revisé para comprobar que no había ninguna irregularidad. No vi a ningún hombrecillo, pese a que levanté las piezas de carne y revolví con cuidado la base.

Efectuado el examen, introduje de nuevo la bandeja en el horno y me dirigí al salón para incorporarme a la reunión familiar. Poco antes de llegar, me pareció que hablaban en voz baja, como si temieran que pudiera oírles, de modo que permanecí oculto junto a la puerta unos instantes. La hija de mi mujer daba el pecho al bebé (más biología), al tiempo que su marido comunicaba a ambas que, en efecto, yo parecía dispuesto a abandonar las clases de la facultad, lo que mi mujer escuchó con expresión de disgusto. En esto, fui sorprendido por Alba, la niña mayor, y entré en el salón fingiendo no haber oído nada.

—En media hora está el cordero —dije.

Después de comer jugué un poco con la niña. Le encantaba que la llevara a mi despacho, lleno de objetos y fetiches antiguos por cuya historia se interesaba vivamente. Por lo general daba respuestas razonables a sus preguntas, pero a veces me complacía en hilvanar historias fantásticas sobre el origen de aquello o de lo otro. La niña tenía una memoria sorprendente y me corregía cuando le ofrecía una versión distinta a la escuchada la semana anterior. En esto, se acercó al cajón de arriba de mi mesa y lo abrió para curiosear dentro.

—Lleva cuidado —dije—, que ahí hay un criadero de hombrecillos.

Aunque se mostró incrédula, cuando saqué el cajón del todo para satisfacer su curiosidad, descubrimos en el contrachapado del fondo un agujero que parecía conectar con una grieta de la pared.

—¿Lo ves? —añadí alumbrando la grieta con la linterna.

Cuando se fueron, mi mujer se mostró un poco preocupada por «los chicos».

—Saldrán adelante —dije yo.

—Ojalá —añadió ella. Y eso fue todo.

4

Aquel día mi mujer se encontraba de viaje, así que decidí quedarme un rato en la cama después de que sonara el despertador, que apagué a tientas, alargando el brazo. Al poco, me quedé dormido de nuevo y soñé con el embrión de un pollo en el interior de su huevo. De alguna manera inexplicable, yo me encontraba también dentro del huevo, por lo que me era dado asistir al espectáculo de la multiplicación de las células, que asociándose en diferentes grupos iban formando cada uno de los órganos del ave. Pensé, dentro del sueño, que las frases de un discurso se formaban de un modo semejante, aunque por asociación de palabras, en vez de células.

Durante las tres semanas que dura la gestación, el pollo no recibe ningún nutriente de fuera. Él es su propia despensa, crece a costa de sí. En cuanto al oxígeno, lo toma en parte de la cámara de aire formada entre la membrana y la cáscara, en uno de los extremos, y en parte del exterior, a través de los 7.500 poros que posee el huevo. Aquella información, leída antes de irme a la cama en una revista, había actuado sin duda como el resto diurno generador de la materia onírica.

En el fondo, era un modo más de indagar acerca de las relaciones entre biología y economía. Si continuaba dándole vueltas al asunto, tarde o temprano encontraría un vínculo original entre una cosa y otra. Mi cabeza funcionaba así. Soñaba muchos de mis artículos antes de escribirlos.

En esto, sufrí uno de esos pequeños episodios catatónicos que se traducen en que quieres hablar o moverte y no eres capaz de hacerlo, pues los músculos no te responden. Por lo general, producen angustia, pero yo los sufría con cierta frecuencia y encontraba en ellos un punto de placer si no se prolongaban demasiado. Propiamente hablando, en tales estados no estás dormido, aunque tampoco despierto. Se dan al amanecer, sobre todo si en vez de levantarte cuando suena el despertador, haces un poco de pereza entre las sábanas. Tal era mi caso.

Sentí unos golpecitos, como de pasos, en el pecho, pues me encontraba boca arriba, aunque no podía abrir los ojos para ver de qué se trataba. Finalmente, logré levantar un poco los párpados y distinguí a tres o cuatro hombrecillos a la altura de mis tetillas, muy atareados en algo que no conseguí averiguar. Quise hablarles para preguntarles qué hacían en mi pecho, pero aunque era capaz de formular la frase con el pensamiento no lograba articularla con la boca, pues ni la lengua ni la mandíbula me respondían. Entonces uno de los hombrecillos se dirigió a mí por telepatía.

—Procura no moverte —dijo.

—No me moveré —respondí también mentalmente, como si estuviera dispuesto a hacer alguna concesión—, pero dime qué hacéis.

—Estamos fabricándote un doble de nuestro tamaño —añadió—. Hemos tomado una pequeña porción de cada uno de tus órganos para completarlo.

—¿De dónde me habéis quitado la piel? —pregunté absurdamente.

—Del muslo —dijo—, nadie lo percibirá. Por lo demás, con un trocito de riñón, otro de hígado, otro de páncreas, etcétera, hemos construido unas vísceras diminutas y perfectas.

—¿Y los ojos? —insistí.

—Era lo más delicado —respondió—, pero ya hemos tomado una fracción de cada una de sus partes; los tendrás enrojecidos varios días, usa gafas de sol.

—¿Y el cerebro?

—No te apures —me tranquilizó—, hemos tomado porciones tan pequeñas de sus diferentes regiones que no notarás nada, quizá alguna dificultad para pronunciar la erre, así como insignificantes molestias motoras durante los primeros días.

Tranquilizado por las palabras del hombrecillo, ya no intenté moverme. Incluso cerré la rendija que había logrado abrir con tanto esfuerzo entre los párpados. Pasado un rato pregunté telepáticamente al hombrecillo si ese doble mío en cuya construcción se afanaban sería una especie de hijo. Por unas u otras razones no he sido padre, de modo que la idea de alumbrar una réplica de mí no me resultaba del todo declinable. Pero me dijo que no, que no se parecería en nada a un hijo, pese a estar hecho de mi carne y de mi sangre.

—Tampoco —añadió— será exactamente un doble, aunque antes lo he llamado así; será idéntico a ti porque será una extensión de ti; aunque separados, formaréis parte de la misma entidad. Los dos seréis uno, aunque resulte difícil de entender.

—Hay naciones constituidas de ese modo —dije tratando de ayudarle.

El hombrecillo, sin abandonar su trabajo, emitió una especie de mmm, como si estuviera y no estuviera de acuerdo con la comparación.

Pasados unos segundos me preguntó desde cuándo veía hombrecillos. Le dije que los había visto por primera vez de pequeño, pero que desaparecieron en torno a los diez u once años y no volvieron a manifestarse hasta pasada la juventud. Desde entonces, había vuelto a verlos con cierta regularidad, sin saber de qué dependían sus visitas.

—Típico —dijo él—, ¿le comentaste a alguien la experiencia?

Le dije que no, pues intuía que no debía hacerlo, y evoqué mis primeros contactos con ellos durante la infancia, tan remota. Una vez, al abrir el armario del colegio donde guardábamos los abrigos, sorprendí a uno sacando una galleta del bolsillo de una bata. Me miró sin intención de huir y yo cerré, asustado, la puerta. Al volverla a abrir un instante después ya no estaba. Los había visto también dentro de los zapatos de tacón de mi madre y en el cajón de su ropa interior, con la que jugaba cuando mis padres estaban fuera de casa. Un día sorprendí dentro de ese cajón a tres hombrecillos que tampoco mostraron intención de huir. A medida que hacía memoria, llegaba a la conclusión de que incluso durante aquellos años había estado familiarizado con los hombrecillos más de lo que recordaba.

—Es muy común —dijo el hombrecillo, siempre telepáticamente, desde mi pecho.

Luego subió hasta la barbilla, atravesó mi rostro y me levantó un poco el párpado derecho para hacer alguna comprobación en el iris, dando así por terminado el trabajo.

—Ahora conviene que descanses un par de horas antes de levantarte —dijo.

5

Desperté al mediodía. Abrí los ojos, miré a mi alrededor y distinguí sobre la mesilla de noche a un hombrecillo idéntico a mí. Comprendí enseguida que era yo no solo porque fuéramos iguales, sino porque, pese a estar separados, formábamos una unidad extraña, difícil de explicar. Yo veía por sus ojos, del mismo modo que él por los míos. Y si yo tragaba saliva, esta llegaba tanto a su estómago como al mío, pues no eran dos estómagos diferentes, sino el mismo, aunque permanecieran separados. Su cerebro y el mío funcionaban de hecho como un cerebro único que procesaba sin dificultad lo que veían los dos pares de ojos de los que éramos propietarios. Volví a acordarme de aquellas naciones compuestas por territorios alejados entre sí, esta vez para explicarme la situación a mí mismo. Curiosamente, me respondí también con un mmm.

El hombrecillo iba vestido como el resto de los de su clase: con traje gris, camisa blanca, corbata oscura y un sombrero de fieltro, también gris, con una cinta negra. Supe, al cogerlo entre mis manos, que aquel atuendo formaba parte de su cuerpo, es decir, que el traje era de carne y la camisa era de carne y la corbata era de carne y el sombrero era de carne. Pensé que esta solución biológica resultaba a la vez económica (la ropa no se gastaba, por lo que tampoco era preciso reponerla) e higiénica (te podías duchar vestido, en realidad no tenías otro remedio). Al hombrecillo no se le notaba ninguna costura lo miraras por donde lo miraras; en la cara interna de mi muslo derecho había, en cambio, una herida provocada por la ausencia de un pequeño cuadrado de epidermis.

Tras depositarlo de nuevo sobre la mesilla de noche, fui al cuarto de baño para aliviar la vejiga y comprobé al verme en el espejo que tenía los ojos irritados y sanguinolentos, como cuando sufres un derrame. Por cierto, que pronuncié la palabra «derrame» en voz alta y comprobé que tenía, en efecto, algún problema con la articulación de la erre. Por lo demás, al caminar me iba ligeramente hacia el lado derecho, pero tras recorrer el pasillo un par de veces en ambas direcciones, supuse que en unos días, a poco que me esforzara, recuperaría el equilibrio anterior, pues la alteración no resultaba exagerada. Se podía disimular de hecho fingiendo una pequeña molestia en el pie.

Y mientras yo me hacía cargo de todas estas novedades, mi doble diminuto permanecía sobre la mesilla de noche del dormitorio, explorando los alrededores de la lámpara de lectura y revisando los títulos de los libros que almacenaba allí. Yo, desde el cuarto de baño, veía lo que veía él sin dejar de ver lo que veía yo. Nuestros cerebros organizaban toda aquella información sin que se produjera interferencia alguna entre la mirada del hombrecillo y la mía, o entre sus pensamientos y los míos, porque todo era simultáneamente suyo y mío (también a él le llegaba, por supuesto, la información de lo que hacía yo en el cuarto de baño).

No sabiendo muy bien qué utilidad dar a aquella curiosa extensión de mí, preparé un habitáculo en el cajón de la mesilla de noche. Y para que el hombrecillo pudiera entrar y salir a voluntad, sin necesidad de recurrir a la parte gigante de él, que era yo, practiqué un agujero en la base del cajón cosiendo a sus bordes, con una grapadora, una corbata vieja por la que se podía deslizar hasta el suelo de la mesilla, en cuya pared del fondo hice otro agujero a manera de entrada. Lo probamos y funcionaba bien, pues el hombrecillo poseía la habilidad de un reptil. Utilizaba las irregularidades de las paredes, por insignificantes que fueran, para reptar como una lagartija, prácticamente ajeno a las servidumbres de la fuerza de la gravedad. Puedo decir que vi el mundo (mi mundo) desde perspectivas asombrosas. Es más, me vi a mí mismo desde la lámpara del techo, sentado en el sofá del salón, leyendo el periódico. Me vi también en el cuarto de baño, afeitándome, desde la alcachofa de la ducha. Me contemplé acostado, con las sábanas subidas hasta las orejas, desde el adorno más alto del armario de tres cuerpos del dormitorio... Digo que me vi por una insuficiencia del lenguaje para describir la situación, pues la verdad es que yo era simultáneamente quien leía el periódico y quien recorría la lámpara, quien se afeitaba y exploraba los bordes de la alcachofa, quien intentaba conciliar el sueño y examinaba los altos del armario. La realidad, sin perder las dimensiones anteriores, había adquirido otras nuevas, enormemente estimulantes.

El tamaño del hombrecillo tenía muchas ventajas, pero lo hacía también muy vulnerable. Una vivienda está llena de peligros para un ser de ese tamaño. Podía deslizarse sin querer por la superficie del lavabo y caer en su sumidero, podía ser atrapado por un ratón (en casa no los había), o por un gato (tampoco), o por un insecto grande (estábamos en invierno)... Afortunadamente, éramos conscientes de ello. Quiero decir que no tenía que vigilarlo todo el rato para evitar que se electrocutara o pereciera aplastado por las páginas de un libro al ser cerrado de repente, porque la víctima, en los dos casos, habría sido yo. De hecho, cada uno llevaba su vida (es un decir, vivíamos la misma vida simultáneamente aunque desde lugares distintos).

En cuanto a las funciones fisiológicas, si yo comía, él se alimentaba, y si comía él, me alimentaba yo. Si yo bebía, calmaba su sed, y si bebía él, calmaba (poco) la mía. También podíamos comer y beber al mismo tiempo, por supuesto. Aun detestando entrar en asuntos escatológicos, he de decir que al orinar yo, él también lo hacía sin necesidad de recurrir a recipiente alguno, pues su naturaleza absorbía misteriosamente la orina en el momento mismo de producirse. Lo mismo cabe decir del resto de las producciones corporales, cuestión en la que no abundaré porque me desagrada.

Mi mujer telefoneó un par de veces para ver cómo andaba todo por casa. En la segunda, como me notara raro, le comenté que había tenido un acceso viral (había muchos ese invierno) que me había dejado un poco aturdido.

—Cuídate —dijo.

—Me cuido, no te apures —dije yo.

También llamaron de la facultad, pues se me había pasado por completo acudir a una de mis clases. Utilicé de nuevo como excusa a los virus, disculpándome por no haber avisado.

6

A los cuatro o cinco días del desdoblamiento, cuando ya estaba acostumbrado a comportarme como uno siendo dos (la mayoría de la gente se comporta como dos siendo una), mi mujer volvió de su viaje de trabajo. Para entonces el derrame de mis ojos había desaparecido casi por completo y mi tendencia a inclinarme hacia la derecha al andar se había atenuado gracias a las prácticas realizadas yendo de un lado a otro del pasillo. Mientras cenábamos, y para justificar las dificultades de pronunciación de la erre, aduje que me había quemado la punta de la lengua con una infusión demasiado caliente, a lo que mi mujer sugirió de manera mecánica que consultara al médico. Estaba absorta en sus preocupaciones académicas.

Mientras hablábamos, el hombrecillo había llegado a través de las cuerdas de la ropa al piso de enfrente, donde vivía (y vive aún) un matrimonio joven, de trato agradable. Él era representante de intérpretes de música moderna (incluyo en el término «moderna» estilos y registros diferentes, ninguno de los cuales me resulta familiar), y ella trabajaba en una empresa distribuidora de vinos. A veces nos regalaban botellas de vino y discos que almacenábamos sin objeto alguno, pues ni apreciábamos esa música ni probábamos el alcohol salvo en contadas celebraciones.

La pareja estaba copulando en la cocina, sobre la mesa, a la vista del hombrecillo (y a la mía por tanto). La vecina llevaba un conjunto de ropa interior color calabaza que formaba una membrana de aspecto orgánico sobre su cuerpo. Casi una segunda piel. Lo hicieron todo sin que ella se desprendiera de las bragas ni del sujetador ni él de los calzoncillos, que eran de la variedad llamada bóxer (lo sabía porque había estado a punto de comprarme unos idénticos el mes anterior, aunque al final me pareció un rasgo de coquetería impropio de mi edad).

En un momento de paroxismo la mujer echó el brazo hacia atrás, de modo que su mano fue a dar con una cesta de la que tomó a ciegas un huevo de gallina que reventó entre sus dedos. Mientras se entregaba al orgasmo, untó con el contenido del huevo los genitales propios y los de su compañero, que repetía la expresión ¡ay sí, ay sí, ay sí! como una letanía. Aunque habría preferido no asistir a esta escena, la fragilidad del huevo y del proyecto de ave que representaba me recordó la inconsistencia de algunos productos financieros de la época, que se malograban casi antes de nacer.

Mi mujer, como decía, aspiraba a hacer carrera académica. En realidad ya la había hecho, pues detentaba desde joven una cátedra. Pero quería más.

Ahora tenía la ambición de acceder a los puestos de poder político y al control de la gestión económica, por lo que se pasaba el día urdiendo complots o asegurando que los padecía. Podía entenderla porque también yo había sido víctima en su día de esa ambición que disfracé, como todo el mundo, de una coartada noble: la de cambiar las cosas para mejorarlas. Y aunque no la animaba, tampoco intentaba disuadirla. Me mantenía neutral, lo que no siempre era de su agrado, pues poseía un temperamento más apasionado que el mío desde el que malinterpretaba a veces mi imparcialidad. Su hija constituía el otro polo de sus preocupaciones (los nietos, sin embargo, no la habían convertido en abuela, no al menos en una abuela clásica). Yo ocupaba en ese esquema de intensidades emocionales un lugar periférico, circunstancial. Era una sombra a la que a veces se dirigía para descargar sus iras o sus alegrías, pocas para compartir la dicha.

Yo había pasado por dos matrimonios (aquel era el tercero) y en todos acababa por ocupar un puesto semejante. Cabía suponer, pues, que se trataba de una elección personal, aunque de carácter indeliberado. Tal vez sin darme cuenta me iba colocando en ese lugar indefinido, suburbial, hasta que desaparecía del mapa. Conscientemente al menos, habría preferido tener otro papel. No un papel muy activo, pues siempre he tendido a la pereza, a la ensoñación, más que al dinamismo, pero sí con la relevancia suficiente como para que algunos de los aspectos de mi vida (no todos, valoro mucho la privacidad) formaran parte también de la comunicación cotidiana. Con ninguna de mis esposas había hablado de los hombrecillos, por ejemplo.

Tampoco tuve hijos en ninguno de mis matrimonios, lo que, observado con perspectiva, había resultado ventajoso. Intentaba imaginarme formando parte de una red familiar (y emocional por tanto) como la de mi mujer, con yerno y nietos, y no acababa de verme. Y aunque al principio, en un momento de debilidad, pensé en el hombrecillo, quizá por su tamaño y porque estaba hecho a mi imagen y semejanza, como en un hijo, luego preferí que fuera una extensión de mí.

En medio de la conversación con mi mujer, sonó el timbre de la puerta y fui a abrir. Era la vecina, la de los vinos, la esposa del representante de cantantes de música moderna. Sabía que era ella antes de abrir, pues había visto, desde mi versión de hombrecillo, cómo, tras la cópula, se vestía y se organizaba la melena mientras bromeaba con su marido (en el caso de que estuvieran casados) acerca de las virtudes del huevo de gallina en la producción del orgasmo (por cierto, que ninguno de los dos se había lavado). Él le había pedido que le hiciera unas setas, traídas ese mismo día de algún sitio, y ella se había puesto a trastear por la cocina todavía con el semen de él y el contenido del huevo de gallina entre sus ingles. En esto, advirtió que no tenía ajos, a lo que el representante le dijo:

—Pídeselos a los catedráticos.

Los catedráticos éramos nosotros, mi esposa y yo, así nos llamaban según averigüé entonces. De modo que la mujer se ajustó un poco el vestido, se atusó brevemente el pelo y salió de su casa en dirección a la nuestra. Y ahí la tenía ahora, frente a mí, preguntándome si podía prestarle unos dientes de ajo que había echado en falta al ir a cocinar unas setas.

—Este año hay muchas setas —dije yo absurdamente.

—Las lluvias —dijo ella.

Solo permanecimos el uno frente al otro unos segundos, pero me dio la sensación de que se ruborizaba, como si un sexto sentido la hubiera advertido de que yo conocía el estado de sus bragas. Le di una cabeza de ajo entera.

7

Pasado un tiempo comenzó a quebrarse de manera sutil la unidad que habíamos mantenido el hombrecillo y yo. A veces parecíamos dos. Una noche, por ejemplo, me dormí en mi extensión de hombre, pero continué despierto en mi ramificación de hombrecillo, lo que no había sucedido nunca antes. Con la parte dormida soñé que mi versión de hombrecillo se colaba por una grieta de la pared y que llegaba, tras atravesar un túnel largo y sinuoso, débilmente iluminado, al reino de los hombrecillos, compuesto por callejuelas estrechas y empedradas, dispuestas en forma de red. Olía a gallinero.

El hombrecillo callejeó al azar por aquel retículo viario hasta desembocar en una plaza amplia y luminosa (era de día), limitada por edificios nobles, de piedra y ladrillo, en los que llamaba la atención la abundancia de ventanas geminadas de estilo medieval. La plaza se encontraba abarrotada de hombrecillos, pues parecía a punto de producirse un acontecimiento social de enorme importancia. Mi doble diminuto, idéntico en todo al resto de la población, se abrió paso entre la muchedumbre hasta llegar a los aledaños de una tarima sobre la que se erigía, verticalmente, un gran panal compuesto por celdas hexagonales idénticas a las de los panales de las abejas. Todas las celdas permanecían vacías excepto la del centro, donde había una mujercilla —la única de aquel extraño reino— de una belleza atroz, de una hermosura violenta, de una perfección cruel y desconocida por completo en el mundo de los hombres «normales» (yo estaba dominado por tics antiguos que me hacían pensar que el tamaño normal de hombre era el grande).

La mujercilla, reina evidentemente de aquel enjambre de hombrecillos que la contemplaban con un desasosiego feliz desde el suelo de la plaza, permanecía dentro de su habitáculo en ropa interior. Advertí enseguida que del mismo modo que el atuendo de los hombrecillos era de carne, aquellas prendas íntimas de la reina formaban también parte de su cuerpo. Se trataba de una lencería orgánica enormemente delicada y tenue, como formada por hilos de humo. Me recordó a la de mi vecina, pues tenía un tono anaranjado que en ocasiones, en función de los cambios de luz, evolucionaba hacia el calabaza.

En un momento dado, cuando en la plaza no habría cabido ya ni un alfiler, la reina, por medios telepáticos, ordenó subir hasta su celda a mi doble pequeño, que trepó ágilmente por aquella estructura hasta alcanzar su habitáculo, donde se estremeció (me estremecí) ante la mirada anhelante, al tiempo que tiránica, de la mujercilla y sus formas delicadas, a la vez que rotundas. Dado que su lencería, como ha quedado dicho, formaba parte de su piel, el hombrecillo no podía arrancársela del todo sin dañarla. Sí le estaba permitido, en cambio, retirar a un lado la parte de las bragas de humo bajo la que se ocultaba el sexo de la reina para extasiarse ante la naturaleza de aquel conjunto de pliegues de carne íntima hinchados por la excitación e inundados por un jugo incoloro, producto también del ardor venéreo, cuyos efluvios arrebatadores llegaban al cerebro del hombrecillo (y al mío por lo tanto) con la violencia de un tren sin frenos en una estación. La manipulación amorosa debía llevarse a cabo con un cuidado enorme, con unas maneras exquisitas, para no provocar heridas, derrames o desgarros ni en las propias prendas (recorridas por nervaduras finísimas semejantes a las que en las hojas de los árboles o en las alas de las mariposas cumplen las funciones de vasos sanguíneos) ni en las paredes del vestíbulo vaginal, constituidas por un tejido esponjoso muy sensible. Los colores de esta antecámara, siendo en general rosados, se oscurecían en las zonas más recónditas, como aquella donde se abría el misterioso túnel cuyos bordes acariciaron primero los dedos y después la lengua del hombrecillo (y mis dedos y mi lengua en consecuencia).

Poseído por una curiosidad emocional que me impelía a investigar con detalle cada una de las partes de aquel conjunto de órganos, intenté memorizar su disposición, su temperatura, su humedad, su consistencia, lo que no resultaba fácil, pues aquella carne poseía la inestabilidad del magma (también su fiebre). El modo en que el hombrecillo y yo hurgábamos en aquellas profundidades sugería que había en ellas algo esencial para nuestra existencia.

Jamás me había enfrentado a una aventura sexual ni amorosa como aquella. Nunca en mi vida la excitación venérea y la sentimental habían alcanzado aquel grado de acuerdo. El hombrecillo y yo amábamos y deseábamos a la mujercilla en idénticas proporciones, también con el mismo dolor, pues las cantidades de sentimiento y de placer eran tales que nos hacían daño. Porque la amábamos la deseábamos y porque la deseábamos la amábamos. Ambas cosas nos hacían sufrir.

Aunque el hombrecillo era el único de toda la colonia que podía acariciar aquella piel, besar aquella boca o enredar sus dedos en la lencería viva y palpitante de la mujercilla, el enjambre de hombrecillos que asistía al espectáculo desde la plaza sentía lo mismo que él, pues el sistema nervioso de todos estaba misteriosamente interconectado por una red neuronal invisible. El hombrecillo jugó hasta el delirio mientras la mujercilla se dejaba hacer y hacía al mismo tiempo, como si poseyera el secreto de la pasividad activa, o de la actividad pasiva. Y cuando ni el hombrecillo ni yo ni la muchedumbre a la que permanecíamos sutilmente conectados podíamos resistir más, porque nuestra fiebre había alcanzado ya un grado insoportable, la penetramos con violencia y amor a través de los encajes de la lencería con un pene erecto que había ido surgiendo poco a poco de las entretelas del hombrecillo y que también era mío, era mi pene.

La colonia de hombrecillos alcanzó enseguida un orgasmo colectivo que hizo temblar los cimientos de la plaza pública, como si hubieran copulado dos naciones, o dos ideas obsesivas, en vez de dos individuos. Yo eyaculé dos veces (una como hombre y otra como hombrecillo), las dos al mismo tiempo. El placer fue tan desusado, me agité de tal manera y grité tanto que desperté a mi mujer, con quien apenas había mantenido relaciones venéreas, pues el sexo —quizá porque nos casamos mayores— no había formado parte de nuestro proyecto conyugal.

—¿Qué haces? —dijo.

—Ya ves —respondí yo completamente empapado, pues la producción había sido muy abundante.

Los dos sentimos un poco de pudor (yo más que ella, claro), y fingimos que volvíamos a dormirnos como si no hubiera sucedido nada. Yo, de hecho, volví a dormirme en mi extensión de hombre, agotado por aquella ejecución amorosa que no recordaba ni de mis tiempos más jóvenes. En mi extensión de hombrecillo, sin embargo, continué despierto.

8

Volví a soñar. Tras la cópula, el hombrecillo se retiró del cuerpo de la reina, que permaneció en reposo durante un tiempo indeterminado tras el cual se incorporó y comenzó a recorrer ágilmente todas y cada una de las celdas del panal depositando en ellas unos huevecillos que salían del interior de su cuerpo. Ahora me pareció que había en ella también algo de insecto. Si hubiera tenido alas, quizá la hubiera tomado por una libélula con formas humanas, o por un hada, tal vez por un ángel diminuto. En cualquier caso, el espectáculo me hacía temblar en sueños, dentro de la cama, pues tuve la impresión de que se me estaba revelando uno de los secretos de la existencia, un secreto de orden biológico —pero también sutilmente económico— que me era dado sentir, y que recordaría el resto de mi vida, pero cuya esencia jamás podría expresar, como lo demuestra esta torpe acumulación de palabras, más torpes cuanto más precisas pretenden resultar.

Siempre en aquella ropa interior orgánica, cuya trama oscilaba entre lo vegetal y lo animal, la mujercilla iba de una celda a otra, se bajaba ligeramente las bragas (o bien se retiraba delicadamente con los dedos la zona que cubría su sexo), se agachaba y su vagina rosada (de un atractivo metafísico) se dilataba para dejar caer el huevo. Los huevos brillaban como si en su interior, en vez de un embrión, hubiera una luz encendida.

Jamás había asistido a un suceso tan hermoso ni tan turbador como el de aquel desove, pues se trataba al mismo tiempo de una acción meramente biológica y puramente metafórica. No soy capaz, por el momento, de explicarlo mejor, pues nunca hasta entonces me había sido dado asistir a un suceso que parecía real e imaginario de forma simultánea. O psicológico y físico a la vez. O moral y orgánico al tiempo. O económico y biológico de golpe.

Recuerdo que dentro del sueño tuve en algún momento la certidumbre de que aquello era real, de que estaba sucediendo como un acontecimiento extramental (aunque en una dimensión diferente a la mía), porque poseía la textura y el sabor de los hechos que ocurren con independencia de que los imagines o los dejes de imaginar. Tal vez tendría que aceptar la evidencia de que mientras en mi versión de hombre grande dormía, en mi versión de hombre pequeño llevaba a cabo aquella aventura sentimental y biológica extraordinaria cuyos lances se filtraban en mi conciencia adoptando las formas de un material onírico.

Al poco de la puesta, los huevecillos se empezaron a agitar, como si algo, dentro de ellos, se desplazara de sitio. Luego vi cómo se quebraban por uno de sus extremos y cómo del interior de cada uno salía un hombrecillo perfectamente conformado, adulto, con su traje gris, su camisa blanca, su corbata oscura, su sombrero de ala, su delgadez característica. Todos ellos se dirigían ordenadamente a la celda en la que reposaba la reina, cuyos pechos, entre tanto, se habían hinchado sin perder un ápice de su belleza. Entonces se retiraba con cuidado el sujetador biológico, para dejar los pezones al aire, y les daba de mamar al tiempo que acariciaba sus sombreros o les colocaba la corbata, pronunciando, con sus labios perfectos, ultrasonidos que alimentaban tanto como la leche. O más. Ningún hombrecillo se quedaba sin su ración, tampoco los que miraban, pues los órganos del gusto de todos estaban conectados de tal modo que el placer llegaba a toda la colonia (y también a mi versión de hombre grande por lo tanto). El recuerdo de aquel elixir, de aquella leche, quizá de aquella droga, podía llenar una vida entera.

Superada la sorpresa de que los hombrecillos fueran ovíparos y mamíferos al cincuenta por ciento (tal vez un poco menos si tenemos en cuenta que en la lencería de la mujercilla había también un no sé qué de vegetal), me pregunté —siempre dentro del sueño y desde mi perspectiva de hombre grande— si entre aquella colonia de hombrecillos habría alguno más —aparte del mío— que hubiera sido alumbrado por medios artificiales. Dado que no había diferencia apreciable entre unos y otros —al menos fuimos incapaces de advertirla—, imaginé que quizá la colonia estaba infestada de hombrecillos procedentes, como mi réplica, de la suma de las distintas partes de otros hombres grandes. ¿Con qué objeto? Tal vez con el de evitar las consecuencias degenerativas de la endogamia. Tal vez también por una suerte de rechazo moral al incesto, pues si los hombrecillos que salían de los huevos copularan con la mujercilla, lo estarían haciendo en realidad con su propia madre. La existencia de hombrecillos provenientes de otro origen, como el mío, aportaba a la colonia material genético fresco, extranjero, diferente, lo que evitaba la decadencia de la especie. Pero también introducía un código moral o una norma cultural que ponía alguna distancia entre los hijos y la madre. Podríamos decir que muchos de aquellos hombrecillos (los pertenecientes al menos a la carnada última) eran transgénicos, pues estaban modificados genéticamente por la inyección de un ADN que en última instancia provenía de mí. Resultaba irónico que no hubiera tenido hijos en la dimensión que me era propia (¿de verdad me era propia?) y los tuviera a centenares en esta otra a la que acababa de acceder.

Me pareció inquietante en cualquier caso la idea de una brigada de hombrecillos falsos o artificiales (de replicantes, en fin) incrustados en aquella sociedad, sobre todo si pensamos que cumplían una función, la reproductiva, esencial para la supervivencia del grupo. ¿Qué pasaría si los hombrecillos de verdad los descubrieran?

La idea me desasosegó porque yo mismo, en mi versión de hombre grande, me he sentido a veces un intruso en el mundo de los seres humanos, como si alguna extraña potencia me hubiera colocado en él para espiarlos (no desde luego para contribuir a su reproducción, ya que no he sido padre). Bien pensado, yo no había hecho en mi vida otra cosa que observar a los hombres y tomar nota de su comportamiento (su comportamiento económico sobre todo) para tratar de imitarlos al objeto de disimular mi diferencia. Podría escribir informes muy detallados sobre sus costumbres, sus hábitos, sus debilidades, pero no sabría a quién enviárselos, pues ignoraba quién me había puesto aquí o para quién trabajaba. Todavía dentro del sueño, pensé que debía darle vueltas a la idea del dinero transgénico, quizá también a la del dinero ecológico, si esta expresión última no constituyera una contradicción en los términos.

9

Desperté completamente trastornado en mi extensión de hombre y comprobé que permanecía perplejo en mi ramificación de hombrecillo. Los dos comprendimos oscuramente que nuestra vida carecería en adelante de otro objeto que no fuera el de volver a probar aquel elixir, aquella leche, aquella droga que habían mamado los recién nacidos de la colonia de hombrecillos y cuyos efectos se habían manifestado en nosotros con la misma intensidad que en ellos.

Sentado en el borde de la cama, mientras me calzaba las zapatillas, exploré con los ojos de mi versión diminuta el interior de la mesilla de noche, adonde había regresado tras aquella aventura extenuante, y sentí envidia de ese territorio de mí mismo. Ser grande tenía sus limitaciones, era una mierda. Recuerdo que lo expresé dentro de mi cabeza con esta palabra, «mierda», pese a que no soy dado a la utilización de términos malsonantes. Tal era la nostalgia de lo sucedido mientras dormía.

Tras el desayuno, y después de despedir a mi mujer con un beso a la puerta de casa, me puse a recoger la cocina con la esperanza de que apareciera algún hombrecillo. Necesitaba hablar con ellos, pedirles explicaciones. Pero no ocurrió nada. Quizá una vez cumplido el objetivo de fabricar un doble con mis órganos, habían perdido todo el interés en mí. Me pregunté qué tenía yo para haber sido elegido por aquella curiosa especie y si me habían vigilado desde niño al objeto de comprobar que no perdía las cualidades necesarias para desdoblarme en hombrecillo. Me pregunté también si habría más personas como yo en el mundo y si sería útil encontrarme con ellas, conocerlas.

Por un lado, en lo que tenía de hombre grande, estuve un par de horas preparando unas clases, pues tras pensarlo mucho no me pareció correcto abandonar la facultad a mitad de curso. Por otro, en lo que tenía de hombre pequeño, estuve deambulando por la casa para apreciar cómo eran las habitaciones y los muebles desde esa altura.

Me llamó la atención lo sucio que se encontraba todo. Me ocupaba personalmente de las tareas domésticas, teniéndome por un hombre limpio y ordenado hasta la exageración. De hecho, tras jubilarme había despedido a una asistenta cuya presencia me robaba intimidad. No me molestaba barrer ni fregar ni hacer la cama ni ocuparme de la ropa, tampoco cocinar. Eran, por el contrario, actividades que me relajaban, me ayudaban a pensar y a entrar en contacto conmigo mismo. Cada quince días venía una mujer que se ocupaba de los cristales y ejecutaba una limpieza más minuciosa que la diaria en la cocina y en los cuartos de baño.

Pues bien, desde la perspectiva del hombrecillo, la casa se encontraba sucia, incluso muy sucia. Tenía que evitar, por ejemplo, los bordes de las patas del sofá y de los muebles grandes en general, pues estaban llenos de un polvo antiguo que dificultaba su respiración (y la mía) y en el que se pegaban sus zapatos (que eran los míos). En algunos rincones apartados (detrás de un gran aparador que teníamos en el salón, por ejemplo) descubrimos una telaraña no lo suficientemente grande como para constituir un peligro mortal, pero indeseable desde el punto de vista de la higiene. Tomaba nota de todo esto con una versión de mí mientras preparaba las clases con la otra, y no tenía dificultad alguna para simultanear ambas actividades.

Mi mujer, que ese día regresó antes de la facultad, se extrañó al encontrar toda la casa patas arriba y a mí con la aspiradora. Le dije que estaba haciendo una limpieza general, por higiene, y aunque puso cara de no entender se retiró enseguida a su despacho, pues le urgía escribir un informe o algo semejante. Seguí a lo nuestro con la versión pequeña de mí metida en el bolsillo de la bata, donde había puesto unos mendrugos de pan. Era muy dado, de toda la vida, a hablar conmigo mismo. Cuando iba solo por la calle tenía que llevar cuidado con no mover los labios ni gesticular, pues me abstraía de tal modo que olvidaba cuanto me rodeaba. Desde la aparición del hombrecillo, aquellas conversaciones no cesaban. El desdoblamiento físico potenciaba el desdoblamiento mental. Dije al hombrecillo —siempre telepáticamente— que no resultaría fácil conciliar la existencia de la versión grande de nosotros con la pequeña, pues lo que para la versión grande estaba limpio, para la pequeña estaba sucio; lo que para una era cómodo, para la otra era incómodo; lo que para una estaba alto, para la otra estaba bajo...

—Claro —dijo él sumándose a ese desdoblamiento retórico—, lo macro y lo micro no siempre son compatibles.

—¿En dónde no? —pregunté.

—En economía, por ejemplo, donde las cifras grandes no siempre explican las pequeñas.

Percibí que no era igual hablar con uno mismo cuando se estaba formado por un solo territorio que cuando se estaba formado por dos. No recuerdo qué le respondí, pero sí que había en mi modo de dirigirme a él un tono de superioridad, como cuando se habla desde la metrópoli a quienes viven en la colonia. El pensamiento no pasó inadvertido a esa provincia de mí formada por el hombrecillo. La unidad de la que nos habían hablado los responsables del desdoblamiento no era, en fin, tan sólida, tan perfecta, como habíamos creído al principio. Había una pequeña fisura en la que evitábamos profundizar, pero que resultaba imposible ignorar.

El descubrimiento de esa grieta apenas perceptible, aunque real, nos condujo durante los días siguientes a permanecer juntos todo el tiempo, para evitar que se agrandara. Cenaba con el hombrecillo dentro del bolsillo de la bata, dialogando telepáticamente con él al tiempo que conversaba con mi mujer acerca de los problemas de la universidad, o de su hija. En algún momento me pregunté si la solución a aquel conflicto, que apenas comenzaba a manifestarse, no pasaría por tragarme al hombrecillo, incorporándolo de este modo a mi propio cuerpo, a mi torrente sanguíneo. Me retuvo el rechazo cultural al canibalismo y la percepción de que el hombrecillo no era partidario de esa solución, pues le estaba cogiendo gusto a ser un territorio, si no del todo independiente, separado.

10

Pasado un tiempo, el hombrecillo me dijo que necesitaba experiencias.

—¿Qué clase de experiencias? —pregunté.

—Sexo —dijo él.

Ya he dicho que no mantenía relaciones de ese tipo con mi mujer, con ninguna mujer en realidad. El sexo no formaba parte de mi vida. Me había ido alejando de él, o él de mí, de manera insensible y no lo echaba de menos. Para justificar su solicitud, el hombrecillo añadió que él ya me había dado de su sexo.

—¿Entonces la experiencia con la reina de los hombrecillos fue real? —pregunté (hasta entonces no me había atrevido a hablar de ello, en parte por pudor, en parte por miedo a confirmar que solo hubiera sido un sueño).

—¿Qué quieres decir? —preguntó él a su vez.

—Pensé que puesto que yo estaba dormido quizá lo había soñado.

—De soñado, nada —apuntó el hombrecillo un poco molesto—. Fue todo tal como lo viste, tal como lo sentiste, así que me lo debes. Si tú me das de tu sexo, yo volveré a darte del mío.

En ese instante sentí que éramos dos seres, extrañamente comunicados, sí, pero dos, no uno, al contrario que en los primeros días de su aparición. La grieta entre ambos se ensanchaba como la de una pared sin cimientos. Pero si la experiencia con la mujercilla no había sido un sueño, necesitaba repetirla.

Durante los siguientes días busqué el modo de acercarme a mi mujer, que, lejos de recoger mis insinuaciones sexuales, sugirió que deberíamos dormir, por comodidad e higiene, en camas separadas.

Un día, leyendo el periódico, tropecé sin querer con las páginas de contactos, en las que nunca hasta entonces me había detenido. «Domicilio y hotel», concluían muchos de los anuncios. No me pareció bien hacerlo en casa, de modo que reservé habitación en un hotel céntrico y caro al que acudí después de comer y desde el que telefoneé, para solicitar un servicio, al número que había seleccionado previamente. Me atendió una mujer que, pretendiendo hacer las cosas fáciles, las hizo en realidad más complicadas, pues me contrariaron las confianzas que se tomó, entre las que se incluía un tuteo para el que no solicitó mi permiso. Tampoco me gustó que preguntara qué tipo de chica prefería, como si habláramos de un producto mercantil y no de un ser humano. Pero el hombrecillo, que se encontraba junto a mí, me empujó, muy excitado, a pedir una chica joven y rubia, con el pelo corto, no sé por qué. Cuando colgué el teléfono, estaba sudando de un modo exagerado, por lo que corrí al baño y me refresqué por miedo a oler mal cuando llegara la prostituta. El contraste entre mi agobio y el placer del hombrecillo era otro indicador, uno más, de la herida sin sutura abierta entre nosotros.

Mientras esperábamos a la chica, paseé nerviosamente de un lado a otro de la habitación, deteniéndome en dos o tres ocasiones frente a la ventana. El día estaba gris y grises eran también las personas que allá abajo, en la calle, se desplazaban de un lado a otro, movidas quizá por impulsos o intereses que no controlaban, como me ocurría a mí en aquellos instantes. Tal vez muchas de ellas, más de las que yo era capaz de imaginar, tenían en su existencia un hombrecillo para el que llevaban a cabo actos cuya conveniencia reprobaban.

En medio de aquel ir y venir, reparé en el mueble bar, que abrí para tomar una botella de agua, pues se me había secado (de miedo, sin duda) la garganta, pero el hombrecillo me animó a que descorchara una botella de champán.

—Nunca bebo —le dije telepáticamente.

—No es para ti, es para mí —respondió él.

Tras dudar unos instantes, abrí la botella, de la que me serví dos dedos en una copa alta. Mi garganta agradeció la entrada del espumoso, cuyos efectos noté enseguida también en la cabeza.

No es que me pusiera eufórico, pero el sentimiento de culpa se redujo. El hombrecillo, por su parte, se mostraba radiante, feliz, poseído como estaba por una excitación envidiable. Tomé otro trago y recordé la experiencia con la reina de los hombrecillos.

—¿Cuándo volveremos a ver a la reina? —pregunté.

—Ahora estamos en esto —dijo él—, ponte un poco más de champán.

Intenté concentrarme en lo que el hombrecillo sentía, y noté cómo las burbujas atravesaban su garganta y explotaban a lo largo de su tubo digestivo para llegar al estómago convertidas en fragmentos de felicidad líquida. Al mismo tiempo, su imaginación anticipaba las cosas que haríamos con la chica (no todas correctas desde mi punto de vista), provocando tanto en él como en mí una erección que intenté combatir desviando mi atención hacia otros asuntos. Entonces ocurrió algo realmente sucio y es que el hombrecillo, que se encontraba dentro de un cenicero colocado sobre la mesa de la habitación, comenzó a masturbarse (a masturbarme por tanto) y en cuestión de minutos (pocos) eyaculamos con furia sin que me hubiera dado tiempo siquiera a bajarme los pantalones.

Apurado, corrí al baño para limpiarme y no sabiendo muy bien qué hacer, pues había empapado los calzoncillos y humedecido los pantalones, decidí desnudarme del todo y ponerme una bata de baño que encontré allí, sobre un taburete, a disposición de los clientes. Para dar la impresión de que acababa de salir de la ducha, me mojé el pelo y salpiqué la superficie de la bañera. El hombrecillo, que continuaba en el cenicero, jadeaba entre tanto de placer. Él no necesitaba cambiarse ni limpiarse, pues su ropa, como ya ha quedado anotado, era orgánica, formaba parte de su cuerpo, de modo que absorbió misteriosamente los jugos de la eyaculación.

Le previne de que cuando llegara la chica no tendríamos ganas de nada, pues yo ya me sentía colmado, exhausto, y lo único que me apetecía era volver a casa cuanto antes.

—Ya verás como sí, ya verás como sí —dijo él al tiempo que me pedía que bebiera un poco más de champán.

Enano de mierda, volví a pensar para mis adentros, sin saber si me escuchaba o no, pues a veces desconectábamos, acentuándose la impresión de que éramos dos. En esto, sonaron unos golpes en la puerta.

11

Fui a abrir y apareció al otro lado una chica que podría haber sido mi hija. Lo cierto es que, más que de un burdel, parecía que venía de la universidad. Vestía un abrigo azul, de grandes botones, que evocaba el de las colegialas de otras épocas. Era rubia, como habíamos pedido, con el pelo muy corto, y llevaba un bolso que hacía juego con el color de su cabello. El conjunto resultaba elegante, pero no excéntrico, lo que me hizo pensar que todo estaba preparado para no llamar la atención de los empleados del hotel. Con aquel atuendo podría haber pasado también por una secretaria. Contra lo que me había temido, apenas llevaba maquillaje ni carmín, ni los necesitaba. Su aspecto me conmovió, sinceramente, pero reaccioné enseguida porque el hombrecillo me gritó por telepatía que la invitara a pasar. Ella entró dejando sobre la moqueta las marcas de unos zapatos de tacón de aguja en los que no había reparado y que observé en éxtasis, sintiendo de nuevo un trastorno entre las ingles.

Al alcanzar el centro de la habitación se quitó el abrigo, debajo del cual apareció un cuerpo algo grosero, embutido en un traje rojo, de escote exagerado. Advertí enseguida con disgusto que no llevaba sujetador, quizá tampoco llevara bragas. Me dieron ganas de pedirle que volviera a ponerse el abrigo, pero no dije nada por temor a parecer un perverso. Al ver mi copa de champán, la chica preguntó si pensaba invitarla en un tono que intentaba resultar seductor, pero que acabó con la breve excitación que me habían procurado sus tacones. El hombrecillo, por el contrario, oculto tras el televisor, permanecía boquiabierto, como si se estuvieran colmando todas sus expectativas. Para estropearlo del todo, la chica dijo que se llamaba Vanesa.

—¿Con una o dos eses? —pregunté sin venir a cuento.

—Con dos, por eso soy tan cara —dijo soltando una carcajada desagradable.

Yo le dije que me llamaba Rafael, que era en realidad el nombre de un hermano mío fallecido hacía años.

—¿Lo hacemos sin prisa? —preguntó.

—Sí —respondí yo acercándole la copa, con la que fue a sentarse en una de las dos butacas de la habitación, donde se desprendió de los zapatos y se subió la falda, con aire casual, hasta donde le fue posible.

No llevaba medias, pero sí una liga roja en medio del muslo. Me pareció todo por un lado excesivamente hueco y por otro exageradamente biológico. Comprendí entonces que había estado cayendo sin darme cuenta de que caía y que ahora me encontraba ya en el suelo. Yo no soy así, me dije, sintiendo vergüenza y miedo y ganas de huir. Tras tomar un sorbo de la copa, la chica preguntó cómo pensaba pagarle y respondí que en metálico.

—Pues pon el dinero ahí —dijo señalando la mesita que había entre las dos butacas.

Coloqué el dinero donde había pedido y noté la erección en el cuerpo del hombrecillo, pero no en el mío. La chica sacó un cigarrillo rubio, invitándome a tomar otro. Cuando iba a rechazarlo, el hombrecillo me instó telepáticamente a que lo aceptara y le hice caso en el convencimiento de que la nicotina le haría más daño a él que a mí. A la primera calada, cuyo humo me tragué intencionadamente, el hombrecillo, mareado por aquella mezcla de tabaco y alcohol, se desmayó en efecto detrás del televisor. La chica, suponiendo que yo venía de fuera, preguntó si me encontraba en la ciudad por razones de trabajo. Le dije que sí, pero me faltaron reflejos para improvisar una profesión distinta de la mía, de modo que confesé que era profesor de universidad.

—Estoy aquí circunstancialmente porque formo parte de un tribunal de oposiciones —dije.

—Yo —dijo ella— voy a estudiar enfermería, pero no ahora.

—¿Por qué no ahora? —pregunté.

—Tengo a mi padre enfermo y todo son gastos. Pero cuando las cosas se arreglen continuaré los estudios.

Intenté imaginar al padre de la chica, y a la madre. Sentí ganas de continuar preguntando, pero ella ya se había levantado, viniendo a donde estaba yo para sentarse en mis rodillas.

—¿Qué es lo que le gusta hacer a papá? —dijo mientras introducía la mano por la abertura de mi bata.

Me pregunté por qué me llamaba papá y me contesté enseguida, pero la respuesta no me gustó.

—No me llames papá —dije.

—¿Prefieres ser mi nene? —añadió entonces acariciándome el pecho.

—Mira —respondí obligándola a levantarse—, prefiero que charlemos nada más.

—Como quieras, nene —dijo ella regresando a su butaca—, pero te va a costar lo mismo.

Mientras hablábamos de esto y de lo otro, bebimos un par de copas más y encendimos otro cigarrillo. El hombrecillo seguía durmiendo la mona detrás del televisor. Menos mal, me dije, pues habría sido una tortura meterme en la cama con aquella mujer. Parecía mentira que debajo de un abrigo tan sutil se ocultara una forma tan grosera. Pero también cuando se rompe la cáscara del huevo, pensé, sale de su interior un ser algo grotesco, el pollo. Haré un poco de tiempo, me dije, para que la chica no se ofenda, y la despediré. Y cuando el hombrecillo despierte le diré que nos hemos acostado.

—Fundamentalmente —dijo entonces la mujer—, yo me dedico a hacer trabajos de compañía, sin sexo.

Subrayó el «fundamentalmente», como si le pareciera un término culto que le interesara destacar de cara a futuros encuentros.

—Entonces he acertado —dije yo.

—Si te apetece que comamos o cenemos juntos estos días, llámame, conozco los mejores restaurantes. También puedo llevarte a visitar la ciudad, soy ideal para eso.

Le di las gracias y charlamos aún durante unos minutos al cabo de los cuales fue ella la que miró el reloj y dijo que tenía que irse, despidiéndome con un beso fugaz en los labios. La experiencia, pese a su falta de sustancia, me había dejado agotado y fúnebre, además de inquieto. Sin haber ganado nada con ella, tenía la impresión de haber perdido algo que atañía a mi dignidad.

12

Tras comprobar que el hombrecillo continuaba fuera de combate, abrí la cama y revolví las sábanas con la idea de aparentar que la habíamos ocupado. El problema fue que una vez abierta no resistí la tentación de dejarme caer. Estaba aturdido por la bebida, que no formaba parte de mis hábitos, y por el tabaco, cuyo consumo había abandonado diez o quince años antes. Aquella súbita combinación de alcohol, sexo, nicotina y remordimientos me había dejado mal cuerpo y mala conciencia.

Agotado, cerré los ojos, me dormí y soñé que llegaba a un hotel donde la recepcionista, que era la prostituta a la que acababa de despedir, me asignaba la habitación 607, que era aquella en la que me encontraba en la vida real, en la vida en la que soñaba este sueño. Con la llave en la mano entraba en el ascensor, subía al sexto piso y me internaba por sus pasillos en busca de la 607. Pero no conseguía dar con ella. Con incredulidad creciente, cada vez que llegaba al punto de partida, volvía a efectuar el recorrido con idénticos resultados. En esto, tropezaba con una camarera que me decía que la 607 estaba allí mismo, donde el pasillo giraba a la derecha. Pero tampoco estaba allí y, cuando iba a quejarme, la camarera había desaparecido. Entre tanto, en estas idas y venidas me había cruzado ya con varios clientes del hotel que me observaban con desconfianza, por lo que pensé que mi actitud podía estar empezando a resultar sospechosa. Decidía entonces bajar a recepción, donde la chica que me había atendido, tras escuchar mis explicaciones, decía:

—Eso no puede ser, nene, todas las habitaciones existen.

Aunque me molestó que me llamara nene, hice como que no lo había oído e insistí en mis protestas. Entonces la chica tomó el teléfono, habló con alguien y tras colgar me pidió que volviera al sexto piso, donde me esperaba un empleado del hotel que me acompañaría hasta la puerta de la habitación. Regresé al ascensor y subí al sexto piso, donde no me esperaba nadie. Por miedo a hacer el ridículo, volví a buscar la habitación por mi cuenta con resultados idénticos a los anteriores. Desalentado, me senté en una butaca que encontré en una especie de hall y pensé que aquello solo podía ser un sueño o una broma de cámara oculta. La segunda posibilidad, dado que había acudido a aquel hotel con la intención de citarme con una prostituta, me pareció terrorífica, por lo que bajé de nuevo a recepción y abandoné el hotel discretamente.

Al tiempo de abandonar el hotel en el sueño, me desperté en la vida real, es decir, en la habitación 607 de un hotel donde había tenido tratos con una prostituta. Me incorporé con desasosiego y náuseas, viendo aún cómo mi encarnación onírica se separaba de la real quizá para no encontrarse nunca con ella. ¿No habría sido más reparador que el yo soñado hubiera encontrado la habitación 607 y hubiera entrado en ella para luego introducirse en mi cuerpo y así despertar juntos?

Fui al cuarto de baño y combatí las náuseas bebiendo agua del grifo. Luego, para despejarme, me lavé la cara y finalmente apliqué el secador a la humedad provocada en los calzoncillos por la eyaculación que habíamos tenido el hombrecillo y yo antes de la llegada de Vanessa (con dos eses, qué ridículo). Todos los movimientos a los que aquella aventura me obligaba resultaban así de sórdidos. Pensé que el sexo, aun practicado en las mejores condiciones, conduce al desconsuelo, al desamparo. El sexo era un asunto triste.

Una vez vestido, y como el hombrecillo continuara desmayado o dormido detrás del televisor, lo tomé entre mis manos y pensé que en ese momento podría acabar con él. ¿Cómo? Aplastándolo, pisándolo como a una cucaracha, arrojándolo al retrete... Pero no sabía en qué medida, al morir él, moriría yo también. Ya he dicho que a veces éramos uno y a veces dos. A veces estábamos conectados y a veces desconectados, como cuando tienes, a través del móvil, una de esas conversaciones discontinuas provocadas por una cobertura deficiente. Ahora parecíamos desconectados, pues yo no compartía su sueño ni sus sensaciones corporales. Pero ¿y si en el momento de arrojarlo al retrete y tirar de la cadena volviera la cobertura y me ahogara yo también?

No podía acabar con él, no al menos hasta que fuéramos más independientes el uno del otro. De modo que lo llevé al baño, lo coloqué sobre la toalla del bidé y dejé caer sobre su rostro unas gotas de agua fría. Al poco, empezó a moverse, luego abrió los ojos y preguntó qué había pasado.

—¿Cómo que qué ha pasado? —dije yo—, ¿es que no te has enterado?

Tras observarme con desconfianza, confesó que había disfrutado mucho con la chica rubia del pelo corto, pero que no estaba seguro de que no hubiera sido un sueño.

—De sueño nada —mentí—, yo también me he quedado para el arrastre.

El hombrecillo insistió en preguntar si le había hecho esto o lo otro a la mujer, tal como había visto en sus sueños, y yo le aseguraba que sí, que habíamos llevado a cabo todas las perversiones que atravesaron su cabeza diminuta, incluida la del culo (estaba obsesionado con este orificio orgánico). La cobertura había regresado de manera parcial, pues aunque se había restablecido la comunicación telepática, yo no sentía su aturdimiento. Bastante, por otra parte, tenía con el mío.

Cuando salíamos del hotel (él dentro del bolsillo superior de mi chaqueta), dijo:

—Tienes que beber y fumar.

—Pero si te has puesto a morir —dije yo.

—Eso es lo que tú te crees —respondió—, me he trasladado al paraíso.

Esa noche, a la hora de cenar, abrí una de las botellas de vino que nos regalaba la vecina y tomé media copa.

—¿Y eso? —preguntó mi mujer con gesto de sorpresa.

—No sé, me ha apetecido —dije yo—. Dicen que es bueno para la circulación.

Lo cierto es que aquella media copa me sentó bien; al menos no me sentó mal. Me fui a la cama más entregado al sueño que otras noches y dormí siete horas seguidas.

13

Al día siguiente, después de que mi mujer se fuera a la universidad, y tras recoger pausadamente la cocina, anduve buscando un nexo insólito entre algunos mercados de futuro y los huevos de gallina sin fecundar, pero no se me ocurrían más que majaderías que ni siquiera resultaban ingeniosas. El hombrecillo, al advertir mi desaliento, sugirió telepáticamente que bajara a la calle y comprara unos cigarrillos para estimular mi creatividad. Le respondí que el tabaco era malo para la salud.

—Será malo para tu salud —dijo él—, porque a mí me sienta estupendamente.

Volví a mis notas, pero ya no me podía quitar de la cabeza la idea del cigarrillo. La memoria olfativa me había devuelto el dulce olor del tabaco rubio, lo que impedía que me concentrara en nada, excepto en la tentación de fumar. Al mismo tiempo, el peligro de volver al tabaco me espantó. Como he señalado en otra parte, llevaba sin probar un cigarrillo diez o quince años, pero habían bastado los dos que había encendido con la prostituta para que mi sangre, adicta a la nicotina, recuperara una necesidad dormida.

Imaginé por un momento que volvía a fumar y me pregunté cómo se lo explicaría a mi mujer, que me había conocido abstemio y que detestaba a los fumadores. Nadie, nunca, que yo recordara, se había llevado a la boca un cigarrillo en nuestra casa. Su rechazo al tabaco era tal que podía localizar a un fumador a veinte o treinta metros. En cuanto a mí, conocía por experiencia el modo en que el olor a humo frío acababa impregnando el contexto del fumador: sus ropas, su aliento, sus manos, incluso las cortinas de la habitación y la tapicería de las butacas. Yo mismo había pasado, tras superar la adicción, por esa etapa de rechazo excesivo que convierte al exfumador en un arrepentido insoportable. ¿Cómo, con el esfuerzo que me había costado en su día abandonarlo, iba a retomar ahora ese hábito? Comprendí entonces que me costaría más justificarlo ante mí mismo que ante mi mujer.

Aun así, me imaginé fumando de nuevo de forma clandestina (¿cómo, si no?). Tendría que hacerlo con un cuidado enorme. Desde luego, no podría encender ningún cigarrillo en el interior de la casa. Fumaría en la terraza o asomado siempre a una ventana. Y no expondría la ropa al humo, pues los tejidos absorben con facilidad ese tipo de olores, instalándose en su trama de un modo permanente. Debería vigilar también lo relacionado con el aliento, lo que implicaría tener siempre a mano caramelos de eucalipto o chicles para la halitosis. Por supuesto, sería preciso encontrar también un escondite seguro en el que guardar el tabaco y el mechero. Parecía evidente que no valía la pena volver a fumar a ese precio en el que no he incluido los problemas relacionados con la salud, pues abandoné el tabaco en parte porque tenía ya un catarro crónico que devino más de una vez en neumonía. Fue dejarlo y mejorar de manera sensible. Llevaba años sin constiparme.

Mientras hacía estas consideraciones, había ido mecánicamente de un lado a otro de la casa, intentando calmar así el desasosiego de que era víctima. En una de esas idas y venidas había pasado por la cocina para prepararme un café y al primer sorbo eché de menos, como en otra época, el complemento del cigarrillo. Dividido entre la conveniencia de no fumar y el deseo de hacerlo, una tercera instancia de mí comenzó a tachar de exagerado el pánico al tabaco. Podía encender un cigarrillo y dar dos o tres caladas, pongamos que cinco, para comprobar que no era la ausencia de nicotina lo que había provocado en mí aquella intranquilidad. En el peor de los casos, si llegara a recaer, fumaría dos o tres cigarrillos al día, cantidad que el organismo era capaz de metabolizar sin problemas, lo decía todo el mundo. El hombrecillo, que seguía apasionadamente aquella discusión conmigo mismo, se puso del lado de la parte más permisiva, reforzando sus argumentos.

—No puede ser tan grave —decía.

—¿Y tú qué sabes? —le espetaba yo.

—Veo fumar a mucha gente sin organizar el drama que estás armando tú. Los vecinos, sin ir más lejos, se pasan la vida liando cigarrillos.

—Vete tú a saber lo que fuman —respondí.

Más de una vez, encontrándome en la cocina, me habían llegado a través del patio interior los efluvios de la marihuana o del hachís, que conocía bien, pues los había olido a la entrada de la facultad, a veces en sus pasillos.

El caso es que en una de esas, desposeído completamente de mi voluntad, me quité la bata, me puse sobre el pijama una chaqueta y unos pantalones, me cubrí con la gabardina y me acerqué a un estanco que había en la esquina, y en el que no había entrado jamás, para comprar un mechero y un paquete de Camel, la marca que había fumado en otro tiempo. Volví a casa con una excitación desproporcionada, víctima de un apremio y de una ansiedad tales que tuve que decirle al hombrecillo que se calmara un poco.

—Yo estoy tranquilo —dijo él—, eres tú el que tiene a cien todos los pulsos.

Me senté a la mesa de trabajo, abrí el paquete con lentitud deliberada, como si practicara un rito, y lo acerqué a la nariz para comprobar si el olor real era tan seductor como el del recuerdo. Y lo era. Pero no olía solamente a tabaco. También a sexo, al sexo de otros tiempos. Por mi mente pasaron de súbito texturas de lencería femenina y de salivas ajenas. Tratando de no perder la calma, abrí la ventana, encendí un cigarrillo, aspiré el humo y lo conduje con suavidad hasta los pulmones. El efecto no se hizo esperar en el cerebro, pues sentí un mareo leve, pero amable, como si aquella bocanada me hubiera trasladado a otra dimensión.

—¡Qué bien! —exclamó el hombrecillo telepáticamente, desde dondequiera que se encontrara.

—Sí, ¡qué bien! —ratifiqué yo cerrando los ojos para dejarme llevar por aquella especie de vahído creativo (de súbito, me había parecido encontrar la solución para el artículo sobre los mercados de futuro y los huevos de gallina sin fecundar).

—¿Y qué tal un sorbito de vino para acompañar el humo? —preguntó el hombrecillo.

Sin pensarlo, fui a la cocina, tomé la botella abierta la noche anterior y me serví una copa cuyo primer sorbo di en el pasillo, mientras me dirigía a mi cuarto de trabajo. Cuando llegué, en vez de sentarme a la mesa, me tumbé en el diván en el que leía la prensa y di otro sorbo que mezclé con una calada del cigarrillo. Todo mi cuerpo se relajó de un modo espectacular. Entonces, ocurrió.

14

Lo que ocurrió fue que al cerrar los ojos para sentirme más dueño de aquellas acometidas de placer, vi al hombrecillo (la cobertura y la unidad entre él y yo eran en aquel instante perfectas) introducirse en una grieta del parqué que al parecer conducía a otro mundo (quizá todos los agujeros, incluidos los corporales, conducen a otros mundos). Al principio se trataba de un conducto húmedo y de paredes de aspecto membranoso que desembocaba sin embargo, a través de una rendija, en una especie de plaza pública muy animada y luminosa, llena de hombrecillos. En esta ocasión, y sabiendo que no se trataba de un sueño, me fijé bien en todo y vi que en una de las esquinas de la plaza, conviviendo con edificios semejantes a los de los cascos antiguos de las ciudades europeas, había una suerte de panal en cuyo centro se hallaba de nuevo la mujercilla reina en actitud receptiva para la cópula.

El espectáculo era al mismo tiempo delicado y atroz, sutil y obsceno, verdadero y falso, incluso orgánico y espiritual. La mujercilla permanecía en su celda en una actitud pasiva, aunque solo en apariencia, pues pronto advertí que se trataba de una pasividad ágil, de una quietud móvil, de un sosiego feroz. Como en la ocasión anterior, solo llevaba encima aquella ropa interior sutil cuyo tejido, que era somático, se relacionaba con su sexo y con sus pechos de un modo inexplicable, pues aunque formaba parte de ellos, su elasticidad le permitía desplazarse para dejar al descubierto la vulva o los pezones.

La mujercilla se dirigió por medios telepáticos al hombrecillo invitándole a subir a su celda, pues había sido elegido de nuevo para consumar la cópula. La comunión entre el hombrecillo y yo continuaba siendo de tal naturaleza que en realidad fui yo quien, sin dejar de permanecer tumbado en el diván de mi cuarto de trabajo, me vi ascendiendo hacia la mujercilla por una suerte de escaleras que conducían a su aposento. Ella me esperaba anhelante, como jamás nadie me había esperado nunca, como nadie, nunca, volvería a esperarme. Al tomarla entre mis brazos y comprobar que nuestros cuerpos se acoplaban entre sí con una plasticidad asombrosa, intenté tomar conciencia de lo que ocurría segundo a segundo, para no olvidarlo jamás. Por otra parte, como ya tenía algo de experiencia, intenté conducir los acontecimientos en vez de ser conducido por ellos. Dado que mi ropa, en aquella versión de mí, era orgánica, no necesitaba desprenderme de ella para liberar el pene, que hizo su aparición enseguida, completamente erecto, por una entretela de la que no era consciente.

La mujercilla me invitó con su actitud a que yo mismo le retirara las bragas, lo que hice con sumo cuidado (en realidad, con sumo amor) para no provocar ningún desgarro en aquel extraño conjunto de ropa y piel. Como en la ocasión anterior, examiné su sexo con la intensidad dolorosa del que observa una imagen pornográfica intentando encontrar en ella un significado. Sin necesidad de que yo se lo pidiera, la mujercilla separó con sus dedos los labios vaginales exteriores para facilitar mi examen, pero también —me pareció— en busca de mi beneplácito, como si yo fuera una especie de inspector encargado de comprobar que no faltaba ninguno de los accidentes propios de aquella región orgánica cuyos penetrales exudaban un jugo que ella misma me daba a probar con sus dedos, al tiempo que los míos jugaban con los pliegues de aquellas formaciones húmedas, temeroso de que al dejar de verlas o tocarlas olvidara su aspecto o su textura. De vez en cuando levantaba la vista y nuestras miradas se encontraban.

—Dame más —le suplicaba yo entonces. Y ella recogía con los dedos parte de los jugos que se derramaban por la cara interna de sus muslos y los llevaba hasta mi lengua, que jamás había probado nada parecido, pues ni el sabor ni la textura de aquel elixir pertenecían a este mundo.

Sobra decir que copulamos con desesperación y tranquilidad al mismo tiempo, en un acto que tenía todas las características de los sucesos reales y de los acontecimientos imaginarios, pues ambos territorios se habían fundido una vez más de un modo inexplicable. Y mientras copulábamos yo jugaba con su sujetador orgánico y con sus pezones, cuidándolos y maltratándolos al mismo tiempo, vengándome de ellos —como si me debieran algo— y dándoles las gracias por entregarse de aquel modo gratuito. Y pese a la violencia pacífica con la que los trataba no se produjo ningún desgarro en la frontera por la que la piel y la ropa interior se unían.

También exploré sus labios y su boca, en cuyo interior, tras una empalizada de dientes diminutos, había una lengua afilada, como de pájaro, cuya capacidad de penetración resultaba sorprendente. Alcanzamos el éxtasis a la vez, sin frontera alguna entre su orgasmo y el mío, y con los ojos abiertos, mirándonos el uno al otro en actitud implorante, como si nos pidiéramos perdón. El resto de la población de hombrecillos disfrutó tanto como yo de aquella cópula pequeña, una cópula como de casa de muñecas, en la que, en vez de gemir, piábamos como pájaros.

15

Tras descansar unos instantes, y cuando el pene regresó al interior de los pantalones orgánicos, me aparté del cuerpo de la mujercilla, que me invitó entonces a bajar a la plaza, donde los hombrecillos jadeaban aún por aquel esfuerzo amatorio colectivo. La mujercilla, entre tanto, se ajustó la ropa interior y se recostó, aguardando la bajada del primer huevecillo. Deduje, por el poco tiempo transcurrido entre la cópula y la puesta, que los huevecillos estaban ya en su interior, a la espera únicamente de ser fecundados. Quizá su aparato genital disponía, como el de algunos insectos, de una espermateca que los fertilizaba en el instante mismo de salir.

El proceso siguió la rutina de la ocasión anterior, pues al poco de la puesta (quizá el tiempo en esa dimensión tuviera una naturaleza distinta de la que posee en la de los hombres grandes) las cáscaras se quebraron y empezaron a aparecer hombrecillos completamente terminados que se pusieron en cola para tomar de las mamas de la mujercilla aquel elixir que paladeábamos todos y cada uno de los hombrecillos de la colonia, como si todos y cada uno acabáramos de nacer y necesitáramos de sus nutrientes. Cada vez que un recién nacido se agarraba al pezón de la mujercilla, sentíamos en nuestros labios su calor y percibíamos con ellos su textura. A veces, el desmayo con el que mamábamos era tal que perdíamos por la comisura parte de aquel líquido mágico.

Cuando me encontraba paladeando el bebedizo obtenido por la boca del cuarto o quinto hombrecillo que pasaba por los pechos de la mujercilla ovimamífera, se cortó de súbito la comunicación entre el hombrecillo y yo, como si uno de los dos hubiera entrado en una zona de sombra, y me descubrí en mi dimensión de hombre grande, tumbado indecentemente en el diván de mi cuarto de trabajo. Tenía las ingles inundadas de semen y había empapado también el pijama y la bata, pues la cantidad de aquella polución no se correspondía de ninguna manera con mi edad. Por lo demás, la copa de vino se había derramado y el cigarrillo se había apagado en el suelo, dejando una marca en el parqué.

Me sentí sucio y agradecido a la vez. También pleno y vacío. Pero lejos de entregarme al abandono propio de las situaciones poscoitales, me levanté raudo, empujado por un sentimiento de culpa muy propio de mi carácter, dispuesto a borrar las huellas de aquel desliz (de aquellos deslices, si a la práctica del sexo añadimos el consumo de tabaco y alcohol). Limpié todo de forma minuciosa y corrí ligeramente el diván para ocultar la quemadura del parqué. Pensé que en cualquier caso, si mi mujer la descubriera, yo pondría cara de sorpresa, como si para mí mismo resultara también inexplicable. El mundo está lleno de misterios.

Aunque había fumado con la ventana de la habitación abierta, busqué uno de los ambientadores a los que tan aficionada era mi mujer para borrar cualquier huella olfativa. Y mientras realizaba todas estas tareas, evocaba la aventura sexual (y amorosa) recién vivida y volvía a excitarme sin remedio. No lograba que se fueran de mi cabeza la forma de los pechos de la mujercilla ni el bulto de sus pezones dibujándose por debajo de la ropa interior orgánica. Tampoco sus poderosas nalgas ni el agujero de su culo, tan cercano al de su vagina. Mi pene había errado indistintamente de uno a otro sabiendo que ambos conducían a dimensiones fabulosas.

Cuando lo hube recogido todo, me di una ducha larga (masturbándome bajo el agua caliente con el recuerdo de lo que había hecho con la mujercilla), me puse ropa limpia y regresé a mi mesa de trabajo, donde tropecé con el paquete de Camel y el mechero. En mi juventud se decía que la ilustración del paquete, si uno se fijaba bien, representaba a un león sodomizando a un camello y que tal era uno de los atractivos inconscientes de aquella marca. Aunque jamás había prestado atención a esa leyenda porque me parecía una grosería, ahora sin embargo me fijé bien y comprobé que era verdad. Podía distinguir perfectamente al león encaramado a la grupa del camello para consumar la cópula. Tras envolver el paquete de Camel en una cuartilla que pegué con cinta adhesiva, lo escondí en las profundidades de uno de los cajones (el que más papeles tenía), junto al mechero. Luego me puse a escribir el artículo que debía entregar al día siguiente. Saqué adelante un texto pobre, previsible, sobre los últimos movimientos de la Bolsa. Mis intereses estaban en otra parte.

Por la tarde, cuando llegó mi mujer, fui con ella más solícito de lo habitual, como suelen hacer los hombres que se sienten culpables. Ella lo detectó y preguntó si me ocurría algo.

—¿Qué me va a ocurrir? —dije volviendo el rostro, pues aunque prácticamente me había desinfectado la boca para borrar cualquier rastro del vino y el tabaco, temí que mi aliento me delatara.

Tras cenar y ver un rato juntos la televisión, ella decidió retirarse, pues estaba cansada, y yo regresé a mi cuarto de trabajo con la idea de retocar el artículo. Una vez sentado a la mesa, recordé el paquete de Camel escondido en uno de los cajones (y también en las profundidades abisales de mi cerebro) y supe que no podría irme a la cama sin dar al menos un par de caladas. Solo para tranquilizarme un poco, me dije. Con movimientos clandestinos, por si apareciera de repente mi mujer, rescaté el paquete, lo desenvolví con sumo cuidado y nada más quitarle el papel con el que lo había protegido llegó hasta mi olfato el dulce olor del tabaco rubio, pues las hebras tenían el punto de humedad justo para propagar su aroma.

Con el corazón en la garganta, como si estuviera cometiendo un crimen, cogí un cigarrillo y el mechero y salí al pasillo para comprobar que todo estaba en orden. La puerta del dormitorio se encontraba, en efecto, cerrada y el silencio era total, por lo que supuse que mi mujer estaría ya acostada, quizá incluso dormida. No obstante, y por extremar las precauciones, decidí que sería más sensato fumármelo asomado a la ventana de la cocina, que daba al patio interior. Si mi mujer aparecía de improviso, podría dejarlo caer antes de enfrentarme a ella. Mientras fumaba, vi sombras en el piso de enfrente.

16

El hombrecillo continuaba fuera de cobertura. No habíamos vuelto a establecer contacto desde la última cópula con la mujercilla, hacía ya una semana o más. Tampoco había visto a otros hombrecillos, pese a haber corrido muebles y objetos en su busca. Venían cuando querían y se iban cuando les daba la gana, siempre había sido así.

Entre tanto, la candidatura encabezada por mi mujer había ganado las elecciones en la universidad y yo tenía la impresión de que se arreglaba más que antes para ir al trabajo. Pese a no ser joven, poseía ese atractivo cruel que proporcionan la frialdad y la distancia y del que yo no había sido muy consciente hasta entonces. Delgada, flexible y alta, conservaba las formas de una mujer de menos edad. Desde que conquistara la rectoría, me había sorprendido observándola con un deseo sexual que no formaba parte de nuestro acuerdo matrimonial, de nuestros intereses. Podría parecer que lo que me excitaba era su nueva posición, pero hacía tiempo que los honores académicos habían dejado de significar algo para mí.

No era eso, no. Deduje entonces que el hombrecillo, desde dondequiera que se encontrara

—y aun con la apariencia de continuar desconectado—, me empujaba de manera sutil hacia apetitos que habían dejado de formar parte de mi vida. Así, una mañana, mientras mi mujer se duchaba, estuve espiándola, observando su silueta a través de la mampara del baño, preso de una excitación insana, que me distraía de los asuntos que siempre había considerado principales.

Algunas mañanas, después de que se fuera a la universidad, abría el cajón de su ropa interior, la sacaba, la disponía sobre la cama y disfrutaba con el tacto de sus sujetadores y sus bragas. Siempre se había vestido con elegancia, también por dentro. Si hubiera sido una mujercilla, su lencería habría tenido vida, como las alas de las libélulas o las hojas de los árboles. Luego, encendía un cigarrillo que fumaba asomado al patio interior, para que la casa no oliera. Ya no podía prescindir del tabaco, ni del vaso de vino de media mañana. Pero ignoraba si hacía todo aquello por mí o por el hombrecillo, pues si bien era evidente que nos habíamos convertido en dos, al mismo tiempo, de forma misteriosa, seguíamos siendo uno.

Un día vinieron a cenar la hija de mi mujer y su marido, con la niña, Alba. Habían dejado al bebé en casa, con una cuidadora, para que «no se descentrara». En la cocina, mientras yo preparaba la ensalada, el yerno de mi mujer comentaba con preocupación los últimos movimientos de la Bolsa (mi mujer, su hija y la niña se encontraban en el salón). Dijo que la veía errática y yo apunté que en el corto plazo ese era el comportamiento natural de la Bolsa.

—En el día a día —añadí— no hay nada más parecido a la ruleta. A veces, a la ruleta rusa, por eso atrae a toda clase de especuladores y ludópatas.

Me sorprendió su gesto de decepción, como si no conociera una verdad tan palmaria. Quizá, pensé con inquietud, estaba llevando a cabo inversiones arriesgadas. La conversación continuó por estos lugares comunes mientras yo atendía a los pormenores de la cena (había preparado unas vieiras que llevaban unos minutos en el horno, gratinándose), hasta que fui atacado por una fantasía sexual. Digo que fui atacado porque sentí que entraba en mi cabeza como un cuchillo en una sandía, sin que yo hubiera puesto alguna voluntad en ello y sin que pudiera defenderme de su penetración.

En la fantasía, mi mujer y yo nos encontrábamos solos sobre la alfombra del salón. Los dos estábamos desnudos y los dos permanecíamos a cuatro patas, olisqueándonos nuestras partes, como perros. Dada su delgadez y su postura, las líneas de su cuerpo evocaban las de una letra de cualquier alfabeto. Sus nalgas, a diferencia de las de la mujercilla, no se abrían en dos formaciones carnosas al terminar los muslos, sino que eran una mera continuación de ellos. Pese a todo, resultaban muy deseables también, pues parecían unas guardianas débiles e inexpertas de las entradas del culo y la vagina. En esto, mi mujer me pedía que le introdujera letras por el culo. Yo aplicaba mi boca a él y recitaba lentamente el alfabeto: a, be, ce, de, e, efe... Y aunque no se puede hablar en mayúsculas o en minúsculas, lo cierto es que las que salían de mi boca eran minúsculas porque las letras, como los hombres, tenían también dos versiones de sí mismas (¿por qué no los números?, me pregunté). Las letras minúsculas se perdían pues en el interior de su cuerpo como murciélagos en las profundidades de una cueva y al poco comenzaban a salir por su boca formando palabras (tabaco, vino, jugo, sexo, etcétera) que yo lamía de sus labios como el que lame la miel de un panal.

La fantasía alcanzó tal grado de realidad que el yerno de mi mujer, viendo que hacía aquellos movimientos con la lengua, preguntó si me pasaba algo.

—No es nada —dije—, perdona un momento.

Y salí de la cocina en dirección al cuarto de baño, donde continué tragándome las palabras (y ocasionalmente alguna frase) que salían de la boca de mi mujer, adonde habían viajado misteriosamente desde el culo. Sobra decir que no tuve más remedio, para aliviar la erección, que masturbarme. Pero lo resolví rápido, de modo que cuando regresé a la cocina las vieiras estaban en su punto. El yerno de mi mujer picaba distraídamente unas almendras de un plato de cristal con forma de hoja de parra.

Tras la cena, la niña quiso que fuéramos a mi despacho y que nos asomáramos con la linterna al hueco que habíamos descubierto detrás del cajón de la mesa. No se veía nada.

—¿Es verdad que esto es un criadero de hombrecillos? —preguntó.

Le respondí que no y se quejó de que solo unos días antes le hubiera dicho lo contrario.

—Fue por gastarte una broma —dije.

La niña se mostró entre decepcionada y aliviada. Luego, nuestras miradas se encontraron fatalmente, como si estuviéramos desnudos el uno frente al otro. Jamás me había sentido tan al descubierto. Tampoco ella, creo. Entonces, casi sin querer, le pregunté si veía hombrecillos. Tras un parpadeo, se echó a reír.

—¡Qué voy a ver hombrecillos! —dijo corriendo a la cocina, donde sus padres y mi mujer discutían acerca de la bondad de los cultivos ecológicos. Para mi gusto, me acosté tarde.

17

Me desperté a las tres de la madrugada, en mi cama individual, pues desde hacía algún tiempo dormíamos en lechos separados. Mi mujer había resuelto el asunto con increíble celeridad: fue a los grandes almacenes, eligió dos camas muy sencillas, un poco bajas para mi gusto, y lo arregló todo para que quienes las trajeron se llevaran la antigua, incluido el colchón. Yo, avergonzado como estaba por la situación que había provocado aquellos cambios, no me atreví a oponer ninguna resistencia. Lo cierto era que me costaba coger el sueño en aquella cama propia. Y, una vez cogido, duraba poco. La cama de matrimonio resultaba más confortable, gracias entre otras cosas al cuerpo de mi mujer, cuya temperatura era muy regular. También me gustaba su olor (siempre se perfumaba antes de acostarse) y el tacto de los tejidos de sus pijamas. Los excesos me habían expulsado de aquel paraíso.

Me desperté, decía, a las tres de la mañana y estuve dándole vueltas de nuevo a la idea de abandonar las clases de la facultad. Me pesaban demasiado, me aburrían, quizá yo hubiera empezado a aburrir también a los alumnos. Como el sueño no regresara, me levanté sin hacer ruido, fui al salón, y estuve buscando hombrecillos sin ningún resultado. Luego me senté e intenté establecer comunicación telepática con ellos, también sin éxito. Les pregunté por qué iban y venían, por qué habían confeccionado ese doble de mí, ahora fuera de cobertura, por qué me creaban complicaciones que no sufrían, en apariencia al menos, el resto de mis contemporáneos. Permanecí a la escucha, por si se produjera alguna voz en el cerebro. Pero no hubo nada.

De súbito, al venirme a la cabeza la posibilidad de fumar, voló de golpe el desasosiego. Fui a mi despacho, saqué el paquete de donde lo había escondido y extraje lentamente un cigarrillo que olí antes de llevármelo a los labios. No era probable que mi mujer se despertara, jamás lo hacía a media noche, de modo que fumé tumbado en el diván (ya ventilaría la habitación más tarde), llevando el humo hasta lo más hondo de las regiones pulmonares y liberándolo despacio. A ratos observaba los dibujos de la columna de humo y a ratos cerraba los ojos para multiplicar la sensación de paz interior.

En esto, una de las veces que cerré los ojos aquí, los abrí en otro lugar, como si me encontrara en dos sitios a la vez, en uno con los ojos abiertos y en el otro con los ojos cerrados. Fue tal el vértigo que volví a abrirlos enseguida para comprobar con alivio que me encontraba en mi despacho, tumbado en mi diván, fumando lentamente un cigarrillo. Prevenido por la experiencia anterior, los cerré de nuevo para ver qué ocurría y sucedió lo mismo: que los abrí en otro sitio, en otra habitación, quizá en otro mundo. La habitación era un dormitorio de muebles oscuros muy de mi gusto, pues parecían sólidos y antiguos. Era de noche también, ya que podía ver al otro lado de la ventana, que tenía forma de ojiva, una luna en cuarto creciente que iluminaba parte de la habitación. ¿Quién soy aquí?, me pregunté desde la cama, pues estaba acostado.

Enseguida comprendí que «aquí» yo era el hombrecillo, con el que había entrado en contacto de nuevo de manera gratuita, sin saber el porqué, como siempre. Cuando digo que yo era el hombrecillo, conviene entenderlo literalmente, pues en ese momento no sentí otra división que la física. El hombrecillo y yo éramos de nuevo un mismo estado compuesto por regiones separadas. Yo era él y supuse que él era yo, pues no percibí que su mente trabajara en esos momentos de manera autónoma respecto de la mía. Deduje enseguida que me encontraba en el mundo de los hombrecillos porque todos los muebles estaban proporcionados a mi tamaño.

Con el temor a perder de nuevo la cobertura, me incorporé despacio, sin realizar un solo movimiento brusco, abandoné la cama y me dirigí en mi versión de hombrecillo a la ventana de la habitación, desde la que a la luz de la luna observé la calle, que tenía el encanto medieval del casco antiguo de las ciudades centroeuropeas. Cada vez que pestañeaba, regresaba a mi versión de hombre grande, en la que, tumbado sobre el diván de mi cuarto de trabajo, fumaba un Camel cuyos efectos narcóticos se manifestaban también, con una violencia sorprendente, en mi versión de hombrecillo.

Tras permanecer un buen rato en ese estado, dejándome ir de una habitación a otra, de un cuerpo a otro, cabría decir, como el que se balancea agradablemente en un columpio, apareció de súbito el hombrecillo, es decir, su mente, que se comunicó telepáticamente conmigo, como si volviéramos a ser dos. Y éramos dos, pero a la manera de unos siameses que compartieran el mismo aparato digestivo, el mismo hígado, los mismos pulmones, aunque no siempre el mismo cerebro, ni por tanto los mismos intereses. Dijo que había estado unos días fuera de la circulación debido a los efectos del tabaco que fumaba yo y de las copas de vino que me tomaba. Me disculpé por mis excesos, pero añadió que no me preocupara, pues le gustaban los efectos de la nicotina y el alcohol, hacia los que había desarrollado finalmente una tolerancia saludable. También agradeció que me hubiera masturbado en cuatro o cinco ocasiones utilizando para mis fantasías eróticas la imagen de mi esposa. Esto me turbó un poco, pues aunque era cierto que desde que dormía solo venía practicando el onanismo casi como cuando era joven, no se me había ocurrido pensar que estaba alguien más en el secreto.

—Para agradecerte todas estas experiencias, y para que las repitas en mi provecho —añadió el hombrecillo—, te voy a proporcionar yo una inolvidable.

Dicho esto, se levantó y salimos a la calle, que estaba desierta. Mientras recorríamos la ciudad, que tenía hermosos puentes de piedra sobre ríos domesticados, percibí en los ojos de mi siamés asimétrico un punto de excitación malsana. Al principio pensé que quizá me conducía a un prostíbulo de hombrecillos (¿cómo, si solo tenían una mujercilla y era reina?). Enseguida comprendí que se trataba de algo peor.

18

Aquella manera errática de andar en medio de las sombras no era, en efecto, la del que se dirige a un burdel. Tampoco, me pareció, la del que busca una taberna o un casino. ¿Qué otras experiencias podría proporcionar la noche en una ciudad desierta, con todas sus puertas y postigos clausurados? ¿Quizá el simple placer del paseo a la luz de la luna? Tal vez sí, pensé ingenuamente, pues apreciaba la limpieza del aire que acariciaba mi piel y penetraba en mis pulmones, y de la que se beneficiaba también mi versión grande, cuyo cuerpo, sobre el diván del estudio, consumía con gusto el cigarrillo recién encendido. Aquellos dos sabores mezclados, el del tabaco rubio y el del aire oscuro, proporcionaban a mis dos extensiones tal grado de bienestar que sentí un arrebato de euforia física y mental inolvidable.

No duraría demasiado aquel estado de plenitud, ya que al dar la vuelta a una esquina, y en un instante en el que la cobertura mental entre el hombrecillo y yo alcanzó la intensidad de nuestros primeros días, comprendí de súbito que pensaba hacerme partícipe de una experiencia criminal.

—¿Qué experiencia es esa de la que hablabas? —pregunté entonces.

—La que estás imaginando —dijo él—, vamos a matar a alguien, para que veas qué se siente.

—No quiero saber qué se siente al matar a alguien —protesté.

—Tampoco querías beber ni fumar ni follar ni masturbarte...

Los pasos de mi siamés enano (y los míos por tanto) sonaban sobre el empedrado de un modo fúnebre y seductor, como esas canciones que a la vez de hundirnos en la melancolía nos elevan espiritualmente, espoleando nuestras capacidades creativas. Había también en aquel ritmo un eco como de música sacra, de cántico espiritual, de celebración religiosa relacionada con las postrimerías. Entonces, sin dejar de errar por aquellas calles estrechas, flanqueadas por edificios de piedra, abrí los ojos en mi versión gigante (sin que en esta ocasión se cerraran por eso en la otra) y apagué el cigarrillo, que estaba a punto de consumirse entre mis dedos. Del lado de acá, en fin, teníamos a un profesor de economía insomne; del lado de allá, a un asesino en busca de su víctima.

Comprendí que necesitaba un vaso de vino para afrontar aquella situación moral de la que no me era posible huir y que constituía también un peligro físico. De modo que mientras mi doble, conmigo en su interior, deambulaba por las calles de aquella extraña ciudad en busca de alguien a quien asesinar, fui a la cocina y me serví una copa con la que regresé a mi despacho para tumbarme de nuevo en el diván. Fue oler el vino y sentir la necesidad de encender otro Camel. Y así, fumando y bebiendo con uno de mis cuerpos, callejeaba con el otro por una ciudad desconocida, laberíntica y, por cierto, muy hermosa.

De súbito, se oyeron otros pasos procedentes de la calle perpendicular a la nuestra y que estábamos a punto de alcanzar. Con el corazón en la garganta, nos detuvimos en la esquina y esperamos la llegada del dueño de aquel taconeo rítmico. Toc tac, toc tac, toc tac, toc tac..., cada pie sonaba diferente, como si las suelas de los zapatos de uno y otro fueran distintas. Parecían los pasos de un bailarín, de un artista, más que los de un transeúnte. Pero tenían también algo del tableteo armonioso de las antiguas máquinas de escribir.

Vimos su sombra, muy alargada por la posición de la luna, antes que su cuerpo. Se trataba de un hombrecillo casi idéntico a mi doble, quizá un poco más pálido, algo más consumido y de cejas color zanahoria. Sorprendido por nuestra presencia, se detuvo unos instantes, nos miró con expresión de alarma y emitió unos ultrasonidos, que no supe interpretar, antes de continuar su camino. Apenas nos dio la espalda nos lanzamos sobre él y pasando el brazo derecho por su cuello comenzamos a apretar mientras con el izquierdo intentábamos controlar sus manos. El hombrecillo pataleaba con una desesperación tal que por un momento pensé que se nos escapaba. De hecho, fue preciso añadir a la fuerza física de mi versión pequeña el ímpetu mental de mi versión grande, pues algo me decía que las consecuencias de dejar aquella faena a medias podrían resultar desastrosas.

En el transcurso de la pelea tuve la impresión de que sin dejar de ser formalmente un hombrecillo adquiría las habilidades de un insecto, quizá de un arácnido, y lo mismo ocurría con nuestra víctima. Así, mientras forcejeábamos, me vinieron a la cabeza las imágenes de una batalla a muerte entre una araña y un saltamontes a la que había asistido hacía años en el campo. El saltamontes, no muy grande, había caído en la red de la araña, que se apresuró a inmovilizarlo entre sus patas tanteando su cuerpo en busca del lugar adecuado para inocularle el veneno. El saltamontes, pese a que sus movimientos estaban ya muy limitados por la materia pegajosa de la tela y la presión mecánica de las patas de la araña, se defendía con una desesperación tranquila, si fuera compatible. Lo más sobrecogedor de aquella lucha era que se producía en medio de un silencio espeluznante y de una indiferencia total por parte de la naturaleza.

De ese modo animal luchaban los dos hombrecillos, uno de los cuales era yo. Nuestra víctima logró liberar de la presión a la que lo teníamos sometido el brazo derecho, que comenzó a agitar desordenadamente en el aire, como el ala de una mariposa medio engullida por una lagartija. Respondimos a ese movimiento, que podría hacernos perder el equilibrio y caer al suelo con consecuencias imprevisibles, aumentando la presión del brazo derecho sobre el cuello y sosteniendo con firmeza el brazo izquierdo de nuestra víctima. Pero la muerte o el desfallecimiento tardaban en llegar pese a que apenas ingresaba aire en los pulmones. Entonces, en un movimiento instintivo, y sin dejar de oprimirle el cuello, buscamos con la boca, debajo del ala del sombrero, una de sus orejas, en la que hincamos nuestros dientes, percibiendo, como a cámara lenta, el crujido de los cartílagos y el sabor de su sangre. Es probable que nuestros dientes liberaran, en el acto de morder, alguna sustancia venenosa, pues el hombrecillo se aflojó de inmediato, como un traje sin cuerpo. Por razones de seguridad, mantuvimos durante unos instantes la presión sobre su cuello y luego, exhaustos, lo dejamos caer sobre la acera.

Mientras contemplábamos el cadáver, mi siamés moral me pidió telepáticamente que fumara y bebiera porque aquella combinación de tabaco, alcohol y crimen le resultaba (me resultaba en realidad) extrañamente placentera. Tras alejarnos del muerto, el hombrecillo y yo perdimos el contacto, de modo que me incorporé, ventilé la habitación, limpié el cenicero y la copa, regresé al dormitorio y me metí en la cama con los movimientos con los que una cucaracha grande se introduciría en una grieta.

19

Al poco de haberme embutido entre las sábanas, y como el sueño no acudiera en mi ayuda, apareció la desolación, el desconsuelo, la tristeza, quizá la realidad. Dios mío, habíamos matado a un hombre, a un hombre pequeño, sí, a un hombrecillo, pero dotado de los mismos órganos que yo, quizá de semejantes sentimientos. Y ello me había procurado un placer insano, una excitación morbosa, una delectación que ahora me repugnaba. Busqué alivio en la idea de que la víctima pertenecía a una especie que tenía algo de ovípara y con la que quizá en su estado embrionario podría haberme hecho ingenuamente una tortilla, pero eso —debido a la rigidez de mi constitución moral o al tamaño que adquieren los problemas por la noche— tampoco me calmó.

Por si fuera poco, al sentimiento de culpa se sumó enseguida el pánico a ser detenido por la policía de los hombrecillos, caso de existir. En aquel preciso instante uno de los dos (quizá los dos) había entrado en una zona de sombra y carecíamos de cobertura, de modo que ni yo sabía nada del hombrecillo ni el hombrecillo, cabía suponer, nada de mí, pero la comunicación podía restablecerse en cualquier momento, de manera gratuita. Si lo detuvieran, ¿de qué modo me afectaría, ya que soy un poco claustrofóbico, su falta de libertad? Y si en el mundo de los hombrecillos existiera la pena capital, ¿moriría en mi versión de hombre al ser ejecutado en la de hombrecillo?

Pasé el resto de la noche dando vueltas sobre mi estrecha cama, torturado por estas ideas, mientras mi mujer reposaba sosegadamente en la de al lado. Deseé que el hombrecillo no volviera a aparecer jamás. Imaginé que transcurrían dos, tres, cuatro, cinco años, y que la comunicación entre ambos continuaba interrumpida. Fantaseé con que recordaba lo sucedido como una pesadilla de la que había sido víctima en un tiempo remoto, pero que no constituía ya una amenaza para mi vida.

Pero el hombrecillo volvió casi antes de que terminara de formular este deseo. De súbito, en una de las ocasiones en las que cerré los ojos en mi cuerpo de hombre, los abrí en mi cuerpo de hombrecillo, y me vi corriendo con desesperación por aquellas calles estrechas (que ahora me recordaron las de Praga), perseguido por varios hombrecillos cuya carrera provocaba un zumbido semejante al del revoloteo de los insectos. Y aunque me faltaba la respiración y mis pulmones parecían a punto de reventar, corrí y corrí en medio de la noche hasta encontrar refugio en un portal abierto en el que me colé cerrando la puerta tras de mí. Todavía sufro al recordarlo, todavía jadeo. Jamás los pulsos de mis sienes estuvieron tan activos. Nunca antes me había dolido el cerebro por falta de oxígeno.

Agazapado en la oscuridad, escuché pasar de largo a nuestros perseguidores, que emitían por medio de sus ultrasonidos característicos expresiones de desconcierto. Pero no me parecieron policías, no en el sentido que damos a esta palabra en el mundo de los hombres grandes, sino un grupo de insectos de un enjambre distinto a aquel al que pertenecíamos el hombrecillo y yo, por el que tal vez se habían sentido amenazados. En otras palabras, no buscaban justicia, ni siquiera venganza, pues parecían ajenos a conceptos que implicaran una condición política o moral, sino que se defendían de un intruso al modo en que las avispas protegen su panal de los ataques de un enjambre extranjero. Quizá, pensé, en nuestro deambular por las calles nos habíamos introducido en un territorio ajeno.

En todo caso, la identificación que venía sintiendo con el mundo de los insectos desde la pelea a muerte con el otro hombrecillo provocaba curiosas sensaciones físicas en mi cuerpo de hombre grande. Así, al revolverme entre las sábanas en busca de una postura física que calmara mi inquietud, pensaba en mis brazos como «apéndices», tal como los libros de ciencias naturales se refieren a determinadas extremidades propias del mundo animal. No era todo: de vez en cuando, y por culpa sin duda del alcohol y la nicotina, me llegaba desde el vientre hasta la boca un jugo ácido que por alguna razón imaginaba que era propio del aparato digestivo de algunos escarabajos. La sugestión alcanzó tal grado que hube de salir de la cama para comprobar que continuaba siendo un hombre. Y lo era, era un hombre en toda mi extensión. Y en la cama de al lado dormía una mujer que era mujer de arriba abajo. Ninguno de los dos teníamos artejos o apéndices, sino brazos y piernas y dedos y falanges... Y sin embargo, la sensación de que participábamos de un modo u otro de ese territorio del mundo animal no me abandonaba.

Salí con cuidado del dormitorio, fui al cuarto de baño y, tras contemplar mi cuerpo en el espejo, me senté sobre la taza del retrete e intenté poner orden en mis emociones. No resultaba fácil, pues mientras permanecía en aquel extraño lugar (nunca un cuarto de baño me había parecido una construcción tan rara), en mi versión de hombrecillo bajaba ahora al sótano del edificio en el que me había ocultado, donde descubría una especie de cuarto de calderas y, en una de sus paredes, una enorme grieta que resultaba un escondite perfecto. El hombrecillo y yo decidimos ocultarnos en aquella grieta hasta que pasara el peligro, pero lo hicimos como sin opinión, sin llevar a cabo un juicio estimativo, por mero instinto, al modo en que una lagartija busca el refugio de una rendija al detectar un peligro. Pensé que sin perder mi forma de hombre en ninguna de mis dos versiones, estaba realizando un viaje sorprendente al mundo animal.

Una vez más calmado y más seguro (más calmados y más seguros, debería decir), regresé a la cama en mi versión de hombre grande con la idea de descansar un poco, incluso de dormir si fuera posible, pues apenas faltaban un par de horas para que sonara el despertador.

20

Pasó el tiempo y comenzó a amanecer en mi versión de hombre, de modo que me levanté de la cama y tras echar un vistazo a mi mujer, que dormía, fui directamente a la cocina para preparar el desayuno. Aturdido como me encontraba, abrí la ventana que daba al patio interior para respirar el aire de la mañana. En esto, una avispa se posó sobre las cuerdas de la ropa. Me pareció raro, por la época del año, e intenté comunicarme telepáticamente con ella sin resultado alguno. Entonces, la aparición de una sombra la espantó e inició ese vuelo errático característico de su especie. Levanté la vista y distinguí en la ventana de enfrente a mi vecina, la de los vinos, recién levantada también, que me hizo un gesto de saludo con la mano.

Cerré la ventana y volví a mis ocupaciones sin que la ingestión del aire fresco hubiera obrado en mi cabeza los efectos esperados. Al hacer el zumo de naranja, me temblaba la mano sobre el exprimidor, lo que no era raro si pensamos que continuaba activada la conexión con el hombrecillo, que seguía (seguíamos, por tanto) en el sótano de un edificio, escondido como una alimaña en una irregularidad de la pared. Desde mi punto de vista, hacía varias horas que podía haber abandonado el escondite, pues no se percibía actividad exterior alguna (la habitación disponía de un respiradero desde el que se veía la calle), pero el hombrecillo prefirió curarse en salud.

Estaba, por cierto, debatiendo con él —por medios telepáticos, como siempre— sobre la conveniencia de abandonar el escondite ahora o esperar hasta la noche, cuando mi mujer entró en la cocina. Al acercarme a darle un beso rutinario, se echó hacia atrás con expresión de espanto y preguntó qué me pasaba.

—Nada —le dije—, qué me va a pasar.

—Pero ¿tú te has visto la cara? —insistió.

De modo que abandoné la cocina para mirarme en el espejo del pasillo y también me espanté. Como si mi calavera hubiera crecido por la noche o mi piel hubiera menguado, todo el hueso se apreciaba detrás de mi carne, recreando la expresión de pánico del que se dirige a la horca. Estaba consumido por el cansancio físico, por los remordimientos, por el miedo, por la duda.

Volví a la cocina y admití que tenía mala cara.

—Quizá has cogido la gripe —dijo mi mujer.

Lo que he cogido es la peste, me dieron ganas de contestar. Desayunamos en silencio, ella restando ahora importancia a mi estado por miedo, supuse mezquinamente, a tener que quedarse en casa para cuidarme; yo, asegurando que descansaría y que, si me subía la fiebre, la llamaría al rectorado. Cuando se fue, me puse el termómetro y tenía treinta y ocho grados. A mí la fiebre me parecía molesta, pero al hombrecillo le resultaba estimulante.

—¿Qué es esto? —preguntó al sentir los primeros efectos de la subida de temperatura.

—Es la fiebre —dije yo como el que dice es el monzón o es el nordeste o es la tramontana.

—Me gusta la fiebre —replicó el hombrecillo con euforia—, les da a las cosas un tono algo irreal. A lo mejor esto no está pasando, a lo mejor no estoy escondido en este sótano, a lo mejor no he matado a nadie, a lo mejor...

—No hay delirio que valga —añadí yo telepáticamente—. Estás metido en un buen lío, de modo que sal con cuidado de ese sótano y vuelve a casa por el camino más corto.

Exagerando las precauciones para burlarse de mi miedo, el hombrecillo abandonó su escondite, salió a la calle y caminó normalmente sin que nadie le molestara. El mundo de los hombrecillos, a la luz del día y en las arterias principales, parecía superpoblado. Estaban las calzadas y las aceras llenas, respectivamente, de vehículos y de personas. El hombrecillo caminaba despacio, extrañado de aquella abundancia biológica en la que se sentía un intruso como yo mismo, por otra parte, me he sentido casi siempre entre los seres humanos. El hombrecillo se preguntó cuántos hombrecillos fabricados (cuántos replicantes, como él mismo) habría en aquella colonia, pues a primera vista no se percibía signo alguno que diferenciara a los artificiales de los nacidos de la mujercilla. Mientras nos dirigíamos a su casa de muñecas, decidí, en mi versión grande, tomarme una aspirina efervescente.

—¿Qué es eso? —preguntó el hombrecillo.

—Una aspirina, para el dolor de cabeza.

—¿Para la fiebre? —insistió él.

—Sí —dije yo.

—¡Ni se te ocurra! —gritó fuera de sí—. Si me quitas la fiebre, matamos a otra persona ahora mismo.

Arrojé la aspirina a medio diluir a la pila y fui a mi despacho en busca de un poco de paz. Apenas me hube sentado, el hombrecillo sugirió que nos fumáramos un cigarrillo, a lo que no dije que no. La primera calada me calmó como si me hubiera inyectado la nicotina directamente en el cerebro. La mezcla del tabaco y la fiebre provocó un estado de bienestar algo siniestro. Ya comprendo que parece una contradicción, pero la verdad es que los escalofríos que recorrían mi cuerpo, por aciagos que fueran, resultaban también estimulantes.

Enseguida se abrió paso en mi cabeza la idea de tomar una copa de vino, que me serví de inmediato. Tras el primer trago, vi llegar al hombrecillo al portal de su casa, o lo que fuera el lugar aquel, cuyas escaleras acometió en medio de una tormenta de alucinaciones intensísimas. Así, por ejemplo, aquella escalera era en realidad *la escalera* en el sentido platónico del término. Al ascender por ella a su domicilio, ascendía a todos los domicilios posibles, al *domicilio*, cabría decir. En aquel hombrecillo con fiebre, fumado y borracho, se resumían asimismo todos los amantes y todos los asesinos y todos los ladrones que habían subido o bajado unas escaleras a lo largo de la historia. Pero también en él se concentraban todos los padres de familia y todos los estudiantes y todos los animales domésticos que habían utilizado a lo largo del tiempo aquella curiosa construcción arquitectónica. Cómo podíamos representar aquellos papeles a la vez y con la máxima intensidad resultaba un misterio.

21

Entrado que hubo en la vivienda, se dejó caer sobre la cama con expresión de felicidad y solicitó que me masturbara. Yo estaba en pijama y bata, sobre el diván de mi cuarto de trabajo, con la copa de vino en una mano, el cigarrillo en la otra, la fiebre en la cabeza y una erección entre las ingles (aquella sucesión de horrores, por alguna razón inexplicable, había movilizado mis resortes venéreos). No me resistí, pues, a satisfacerle. Para aumentar la excitación, imaginé una escena erótica algo ingenua (todas lo son) cuya protagonista era mi mujer, que en esa fantasía no podía vivir, literalmente hablando, sin mí. Aunque parezca la letra de un bolero, si le faltaba yo le faltaba el aire, por lo que la pobre era víctima en mi ausencia de violentos ataques de asma que aliviaba con las inhalaciones de un espray broncodilatador. El contenido del espray era en realidad una versión líquida de mí mismo que llevaba consigo a todas partes.

Ahora se encontraba en su despacho del rectorado, donde acababa de sufrir un ataque. Vestía un traje negro, de punto, con escote en pico, que se adaptaba centímetro a centímetro a las formas lineales de su cuerpo, resaltando su delgadez y su altura. Dado que su pelo era negro también, al incorporarse con la respiración entrecortada para tomar el espray del bolso, parecía una sombra más que un volumen real. Su expresión de sufrimiento, así como el ligero silbido del aire al entrar y salir con dificultad de sus pulmones, me provocaban una excitación sexual que habría tildado de enfermiza en cualquier otro.

Una vez recuperado el espray, en fin, se lo aplicaba ansiosamente a la boca y después, aún jadeante, se levantaba la falda del vestido negro, se bajaba con urgencia las bragas (blancas, muy caladas) y abriéndose los labios de la vagina se lo aplicaba también allí con expresión de alivio.

Al hombrecillo le volvía loco esta fantasía. A mí, no tanto, pues pasaba en ella de la claustrofobia que me producía verme encerrado en un envase a la disolución que implica convertirte en un líquido pulverizado. Era como estar sin estar. Por otra parte, el escenario donde se sucedían los hechos —un despacho académico— me infundía aún algún respeto. De un modo u otro, alcancé el orgasmo, que si en mi versión de hombre fue normal, en la del hombrecillo tuvo efectos devastadores, hasta el punto de que perdió el sentido. Deduje que quizá un orgasmo mío tuviera en él las mismas consecuencias que uno de elefante en mí. La comparación, aunque eficaz, me pareció grosera.

Cuando el hombrecillo despertó, yo estaba aseándome, para huir de aquel aspecto de hombre disoluto con el que había salido de la cama y que se había acentuado al paso de las horas. La ducha y el afeitado mejoraron mi aspecto exterior, pero internamente continuaba hundido en el caos. ¿Vivirían el resto de las personas tormentos semejantes a los míos? ¿Tendría todo el mundo dentro de sí un secreto tan difícil de sobrellevar como el de la existencia del hombrecillo?

—Deberías abandonar tu mundo y trasladarte a mi casa —le dije—, no creo que aquí actúe la policía de los hombrecillos.

—Olvídate de la policía —dijo él—, la cuestión no es esa. Además, nada me vincula con el muerto. Déjame disfrutar de la fiebre y del tabaco y del alcohol y del crimen y del orgasmo.

Comprendí que el hombrecillo había convertido su vida, y por lo tanto parte de la mía, en un cenagal donde solo tenían cabida las pasiones más previsibles y las más repugnantes. No se percibía en él interés intelectual alguno. Entonces advertí que durante la última época yo apenas había leído porque él, de un modo u otro, siempre con ardides sutiles, me alejaba de los libros. Dejaré de fumar, me dije. Dejaré de beber también. Y de masturbarme. Volveré a mis antiguos hábitos, a mis horarios, a mis artículos, a mis clases de economía. Me ocuparé de la nieta de mi mujer, y de su hija, daré consejos a su yerno...

—¿Dejarás también de ver hombrecillos? —preguntó entonces el hombrecillo telepáticamente.

¿Estaba dispuesto a dejar de verlos? Hice un breve repaso de mi existencia y comprendí que, incluso durante las temporadas en las que habían permanecido ausentes, mi vida había estado determinada por ellos. El deseo de todo ser humano intelectualmente inquieto era acceder a instancias ignotas de la realidad, columbrarlas al menos. A mí me había sido dada esa gracia que constituía también una maldición, pues ignoraba su sentido. Pero ¿acaso había dones inocentes? La vida, el más preciado de todos, era un regalo envenenado, absurdo, y sin embargo muy pocas personas se la quitaban. ¿Tendría yo, si dependiera de mi voluntad, el valor de acabar con el hombrecillo cuando no había sido capaz de acabar conmigo mismo?

Comprendí que no, que la vida sin él (sin los hombrecillos en general) sería como una tienda sin trastienda, como una casa sin sótano, como una palabra sin significado, como una caja de mago sin doble fondo. ¿En qué quedaría yo? En un profesor emérito más, en un articulista mediocre de temas económicos, en un esposo vulgar: una especie de animal domesticado, en suma, una suerte de bulto sin otra lectura que la literal, un pobre hombre...

Acepté pues que no podría renunciar a los hombrecillos con los sentimientos simultáneos de derrota y dicha con los que algunos toxicómanos aceptan que no podrán vivir sin sus narcóticos. Y ello pese a que no ignoraba cuál sería la siguiente exigencia de mi siamés asimétrico, pues venía intuyéndola desde hacía algunas horas: que yo mismo matara, en mi dimensión, a un hombre grande, para hacerle sentir el placer del crimen a gran escala. Apenas hube formulado este pensamiento en mi cabeza, cuando el hombrecillo, que en ese instante estaba conectado, confirmó telepáticamente mis temores.

—Tú lo has dicho —dijo—, y me lo debes.

Aun intuyendo que sería inútil negarse (no es que no seamos dueños de nuestros deseos, es que deseamos lo que creemos despreciar), opuse alguna resistencia:

—Matar en esta dimensión —argumenté— no es como matar en la tuya. Trae complicaciones de todo tipo.

—Eso es lo que yo quiero —dijo—, complicaciones de todo tipo.

La fiebre se mantuvo estable en treinta y ocho grados a lo largo del día, por lo que supuse que se trataba de una reacción al agotamiento emocional y físico. Intenté trabajar, pero me resultó imposible. Por la tarde dormí un par de horas y cuando mi mujer regresó de la universidad me encontró mejor, o eso dijo.

22

Durante los siguientes días la cobertura vino y se fue como se va y viene la luz en el transcurso de una tormenta. A veces, los contactos con el hombrecillo tenían la duración de un relámpago a lo largo del cual me era dado verme congelado en esa otra versión de mí. El relámpago rompía la armonía cerebral en los momentos más impredecibles (en medio de una conversación, de una clase, en el mercado...), y tras él se manifestaba una especie de trueno que me aislaba brevemente del mundo. Pero incluso cuando el hombrecillo y yo permanecíamos conectados durante periodos más largos, cada uno seguía mentalmente en su universo.

Siempre éramos dos, claramente diferenciados, pues ni yo tenía acceso a sus pensamientos —a menos que fueran voluntariamente dirigidos a mí— ni él, me gustaba suponer, a los míos. La unidad se mantenía sin embargo en lo que se refería a las funciones orgánicas, pues a ambos nos afectaban la alimentación y los procesos digestivos o respiratorios del otro. De hecho, él ya no podía vivir sin mis comidas, mi tabaco, mi vino o mis prácticas onanistas. Aunque el intercambio de prestaciones era aparentemente, y debido a la diferencia de tamaños, muy desigual, no conviene olvidar que las dos experiencias amatorias que él me había proporcionado con la mujercilla mamiovípara valían, desde mi punto de vista, por todo lo que yo pudiera ofrecerle en siete vidas. De hecho, esperaba con ansiedad un tercer encuentro amoroso y él lo sabía.

Por eso, cuando se restablecía el contacto, no necesitaba recordarme la deuda criminal adquirida con él. Me daba cuerda, como el pescador experto da cuerda a la pieza que acaba de morder el anzuelo y cuya fortaleza es aún superior a la del hilo. Pero yo, que era la pieza a la que el hombrecillo tenía enganchada por el paladar, sabía que no tardaría en tirar del hilo. Es más, si tardara mucho en hacerlo, yo mismo seguramente daría el primer paso, pues la idea venenosa y líquida del crimen empapaba poco a poco mis pensamientos como la tinta el papel secante o el agua la esponja. Cuando me masturbaba, por ejemplo, no era raro que, entre la confusión de imágenes eróticas que desfilaban por mi cabeza en los momentos previos a la eyaculación, apareciera nítidamente, con un protagonismo que mi razón rechazaba, la del instante en el que habíamos acabado con la vida del hombrecillo en aquella esquina de su mundo de casas de muñecas. ¿Qué había de excitante en aquello? Que, al contrario del resto de mi vida, era real.

Digo esto porque las ocupaciones de la vida cotidiana me parecían cada vez más ilusorias, más vanas, menos consistentes. Las veía, las podía tocar incluso, pero se deshacían entre las manos, como el humo. La economía, disciplina a la que había dedicado mi vida porque creí que era la malla sobre la que descansaba la realidad, además de explicarla, cayó en un profundo descrédito. Un simple huevo de gallina, en cambio, se me revelaba como un acontecimiento profundamente real. Y lo que le otorgaba el estatus de real no era su materialidad (su literalidad, podríamos decir), sino lo que tenía, curiosamente, de alucinación, que era casi todo, desde la cáscara a la yema, pasando por la membrana interior y la clara. Ahora, cada vez que abría un huevo para hacer una tortilla, me relacionaba con él como con un sueño, pues resultaba imposible no evocar, al sostenerlo entre las manos, los huevecillos que, tras la cópula, se desprendían de la dulce vagina de la mujercilla.

Si tuviera que simplificar mucho, diría que la vigilia había perdido una materialidad que se había desplazado al sueño. Pero resultaría una afirmación equívoca, pues la frontera entre lo real y lo irreal no era tan clara como la que separa el día de la noche. Había aspectos diurnos en la noche y características nocturnas en el día.

Desde luego, y gracias a que la disciplina había sido siempre el norte de mi existencia, no abandoné ninguna de mis obligaciones. Continuaba escribiendo mis artículos, dando mis clases de doctorado, ocupándome de la casa, leyendo los periódicos, relacionándome con mis contemporáneos, pero como si todo aquello fuera un sueño del que solo despertaría —pavor me daba pensarlo— al matar en mi dimensión a un hombre al modo en que habíamos matado en la otra a un hombrecillo.

Por otra parte, no todo en lo real era irreal. Mi mujer, por ejemplo, tenía la consistencia de los acontecimientos verdaderos. Y soñaba con ella porque yo no había aspirado a otra cosa en mi vida (lo comprendí entonces) que a ser real. La contradicción era que no estaba autorizado a acariciarla. No me era dado tocar las cosas reales. Compensaba esta carencia haciéndola protagonista de las fantasías sexuales con las que me masturbaba y jugando con la ropa de su armario cuando salía de casa. Esos juegos reales me llevaban al delirio, que constituía, paradójicamente, la materia prima de la realidad. De este modo, los materiales de ambos mundos se combinaban, se amasaban, se amalgamaban, formando aleaciones de las que era imposible rescatar sus componentes originales.

En cuanto al tabaco y al vino, que eran también reales, se habían incorporado ya a mi vida al modo en que se instalan en el cuerpo las enfermedades crónicas. Eran una cruz moral, pero también un espacio físico en el que me reconocía, un refugio, un alivio. Fumaba con tales precauciones, y cuidaba mi aliento de tal modo, que mi mujer no notó nada ni en la casa ni en mis ropas ni en mi boca. La paulatina desaparición de las botellas de vino no supuso ningún problema dado que se encontraban, como el resto de las cuestiones domésticas, bajo mi control.

Un día había salido a pasear lejos de casa, para fumarme un cigarrillo sin necesidad de ocultarme, cuando al dar la vuelta a una esquina tropecé con un alumno de la facultad al que en cierta ocasión había afeado que encendiera a escondidas un cigarrillo en clase. Me permití, además, enumerarle, como si fuera su padre, los peligros que se derivaban de aquel hábito. El chico se detuvo sorprendido, lo mismo que yo, y señalando el cigarrillo dijo:

—Profesor, no sabía que fumaba.

—En realidad, no fumo —dije yo absurdamente.

Como el chico insistiera en mirar hacia mi mano izquierda, en cuyo cuenco había intentado ingenuamente esconder la brasa, añadí mostrando el cigarrillo:

—Si se refiere a esto, es circunstancial.

Al despedirnos, imaginé al chico contándole la historia al resto de los alumnos y el sentimiento de ridículo fue tal que deseé que se muriera. Más aún, entré en una cafetería, me acodé en la barra, pedí una copa de vino, apagué el cigarrillo, encendí otro, e imaginé que lo mataba yo con mis propias manos. ¿Cómo? Del mismo modo que había asesinado a un hombrecillo en aquel mundo remoto de casas de piedra y ventanas geminadas. Y aunque era ya una persona mayor, dio la coincidencia de que el chico tenía una constitución muy endeble y carecía de la necesidad de matar, del hambre asesina, podríamos decir, de la que yo estaba poseído. Una vez que mis brazos se convirtieron en apéndices y mi boca en una herramienta dispensadora de veneno, no me costó acabar en mi fantasía con él. Cuando el muchacho caía imaginariamente sobre la acera, escuché dentro de mi cabeza un jadeo de placer que no era mío.

—¿Estás ahí? —pregunté.

—Circunstancialmente —dijo el hombrecillo, y se volvió a cortar la comunicación.

Llegué a casa antes que mi mujer y estuve corriendo muebles y abriendo cajas en busca de hombrecillos. Se me había metido en la cabeza que en aquel mundo, como en todos los que yo conocía y respetaba, tenía que haber una jerarquía, un orden que me había ganado el derecho a conocer. Les exigí telepáticamente que se manifestaran, para pedirles explicaciones, pero solo me llegaba su silencio cósmico, que parecía una variedad de la risa.

23

Una mañana, después de que mi mujer se hubiera ido a la universidad, estaba preparando un artículo acerca de los vaivenes bursátiles del último mes cuando escuché unos ruidos en el cajón de la derecha de la mesa. Lo abrí y apareció el hombrecillo, cuya presencia venía anunciándose desde primeras horas con una especie de aura semejante a las que preceden a las jaquecas. Allí estaba, con su sombrero de ala, su traje gris, su corbata oscura y su camisa blanca. Sus rasgos seguían siendo condenadamente idénticos a los míos. Era yo.

Le pregunté dónde había estado durante aquellos días y respondió alegremente que por ahí, disfrutando de la vida. Luego quise saber cuándo se encontraría la mujercilla receptiva para la cópula, así como las posibilidades que tendríamos de ser los elegidos, y me dijo que quizá en unos días, y que las posibilidades dependían.

No pregunté de qué dependían porque entendí que aquella falta de precisión era un modo de recordarme la deuda que tenía con él. Comprendí también que si no matábamos pronto a alguien en mi dimensión, tampoco volvería a saborear los labios de la mujercilla, ni a tragarme su saliva, ni a probar los jugos de su vulva, ni a morder sus pezones, ni a cabalgar sobre sus nalgas, ni a explorar con mis dedos los bordes del agujero de su culo, que era lo más parecido a explorar los bordes del universo. Me pareció una renuncia excesiva, y más aún que excesiva: imposible. Necesitaba otra dosis de mujercilla, me dije, aunque fuera la última de mi vida. Después podría morir, incluso matarme.

Fue tal el desgarro que sentí ante la idea de no volver a poseerla (aunque fuera una vez, solo una vez más, me repetía) que en ese mismo instante abandoné la mesa de trabajo y fui a la cocina, donde elegí un cuchillo de punta no excesivamente largo, pero muy afilado, cuya hoja penetraba en los filetes de carne con la facilidad de un punzón en la mantequilla. Tras hacerle una especie de funda con un trozo de papel de periódico para no dañar el forro de la chaqueta, lo escondí en el bolsillo y salí a la calle en busca —lo sabía— de mi perdición (y de la perdición de mi víctima), aunque empujado a aquel desastre moral por una necesidad que estaba más allá —también lo sabía— de mi capacidad de decisión.

El hombrecillo, que había seguido todos mis movimientos muy excitado, con expresión de placer, se instaló en el bolsillo superior de la chaqueta, dejándose caer hasta el fondo. No necesitaba asomarse porque veía la calle a través de mis ojos del mismo modo que yo percibía la oscuridad en la que se hallaba él a través de los suyos. Nuestros cerebros, como en la primera época, organizaban ambas informaciones de manera que resultaban compatibles.

El día, claro y tibio, como los que preceden a la explosión de la primavera, contrastaba con la lobreguez de mi espíritu.

—¿Qué nos pasa en la garganta? —preguntó el hombrecillo telepáticamente, desde las profundidades en las que se hallaba.

—Que la tenemos seca —dije yo—, por el miedo.

—¿Y en el estómago?

—Que lo tenemos encogido, por el miedo también.

—Está bien el miedo —añadió el hombrecillo jovialmente.

Lo cierto es que a medida que bajábamos por la acera en dirección a ningún sitio, mi estado de ánimo se fue contagiando paulatinamente de la luminosidad exterior, de su tibieza y del optimismo del hombrecillo, todo ello, curiosamente, sin que desapareciera el miedo, que comenzó a comportarse como un estímulo excitante.

Tras caminar un poco, tomamos un autobús al azar con la idea de alejarnos del barrio. El vehículo iba medio vacío, con la gente sentada de manera dispersa, por lo que pude hacer valoraciones acerca de sus ocupantes. Había un hombre mayor que yo, sin afeitar y de constitución más endeble que la mía. Imaginé que me acercaba a él por la espalda y que le clavaba el cuchillo un par de veces, zas, zas. Llevaba una chaqueta de mezclilla muy desgastada que la punta del arma rasgaría sin problemas y era muy delgado, por lo que la capa de carne tampoco ofrecería resistencia alguna. Pensé en la eventualidad de que el cuchillo tropezara con una costilla, pero imaginé que resbalaría sobre su superficie curva. Se trataba, en fin, de una víctima perfecta, incluso aunque la atacara de frente, tras haberme acercado con la excusa de pedirle la hora o fuego para un cigarrillo.

Había también una chica muy joven, que a esa hora debería estar en el colegio. Era menuda hasta la exageración y frágil, de apariencia al menos, como una de esas plantas que aparecen espontáneamente en la mitad de un muro o entre dos adoquines de la calle. Por su tamaño, pero también en parte por sus facciones, me recordó inevitablemente a la mujercilla. Tuve, al imaginarme acuchillándola, una erección que me obligó a cambiar de postura.

—Esto va bien —dijo el hombrecillo telepáticamente al percibir mi bulto entre sus ingles.

No le respondí porque yo no estaba seguro de que fuera tan bien. Me desagradaba la idea de que un crimen mío tuviera connotaciones de carácter sexual. Me incomodaba asimismo que se le atribuyeran motivaciones racistas, por lo que pasé de largo por delante de una inmigrante de color que tampoco me habría ofrecido mucha resistencia.

Al final, las posibilidades criminales, dadas las limitaciones impuestas por mi edad y mi constitución, tampoco eran tantas. Pero lo bueno de aquellas prácticas imaginarias, pensé, era que constituían también, en cierto modo, un ejercicio de dedos. Sin correr ningún riesgo, había visualizado las diferentes alternativas y evaluado sus peligros. Lo que tenía que hacer era bajarme lo más lejos posible de mi barrio, caminar al azar por calles desiertas y esperar la oportunidad adecuada. Como decía el poeta, lo importante no era el destino, sino el recorrido hasta el destino, el viaje. Y ya habíamos comenzado a viajar (el hombrecillo me preguntó por el poeta, pero no sabía su nombre).

24

A fin de extremar las precauciones, nos apeamos del autobús en un punto indeterminado y tomamos aún otros dos hasta llegar a un lugar periférico que me resultaba tan extraño como Marte. La circulación de vehículos era deficiente, lo mismo que el tráfico de personas. Solo por afán de ensayar, seguí durante diez minutos a una mujer desvencijada que empujaba una silla de ruedas desarticulada y llena de cartones. Durante ese tiempo, podría haberla atacado sin ser observado por nadie y huir por cualquiera de los callejones que me salían al paso.

No era necesario que dijera nada al hombrecillo, ya que al ver él a través de mis ojos cuanto sucedía fuera del bolsillo, comprendía también mis lucubraciones mentales. El silencio telepático entre nosotros constituía un añadido de tensión, una pieza más en aquel puzle cuyos materiales, todos, estaban recorridos por una emoción agotadora.

En algún momento, mientras mi mano derecha, dentro del bolsillo, acariciaba el arma, me pregunté si no habría sido mejor salir de caza en plena noche, como habíamos hecho en la dimensión de los hombrecillos. Pero aquella batalla conmigo mismo y con el mundo exterior a plena luz del día poseía un carácter épico del que había carecido la primera.

Entonces salió de un portal agrietado un anciano cojo al que me bastó seguir durante unos metros para decidir que sería mi víctima. Y en el momento mismo de decidirlo sentí que yo allí era real, al contrario de cuando escribía mis artículos de economía. Lo malo fue que al mismo tiempo pensé que la economía sí servía para explicar la realidad, pues aquel viejo iba a morir por pobre. Por cojo también, pero sobre todo por pobre. Me pregunté entonces por qué mis pasos no me habían dirigido a un barrio rico (qué importaba saldar aquella deuda criminal con un rico o con un pobre) y no tuve más remedio que darme una respuesta de carácter económico. En estos pensamientos estaba, sin dejar de seguir al cojo pobre, cuando el hombrecillo, que sin duda había percibido algún titubeo, me preguntó telepáticamente qué ocurría.

—Ha sucedido algo —dije— que no estaba en el programa.

—¿Qué es lo que no estaba en el programa?

—Que tú y yo fuéramos dos.

—¿Y quién dice que seamos dos? Otra cosa es que no te reconozcas.

El cojo pobre, y yo detrás de él, llegamos al borde de aquel conjunto de casas maltrechas, que limitaba con un descampado sobre el que caía a plomo el sol del mediodía. El hombre se detuvo apoyándose en el bastón y miró hacia el descampado, como si calculara las posibilidades de sobrevivir al atravesarlo. Pasara lo que pasara por su cabeza, lo cierto es que tras unos instantes de duda se dirigió hacia él y comenzó a caminar entre escombros y malas hierbas en dirección a ningún sitio.

No habíamos recorrido más de cien metros cuando se detuvo junto a las ruinas de una caseta de cuyo aspecto cabía deducir que había albergado en su día un transformador de la luz. Allí tomó asiento en una piedra grande, adosada a una de las paredes de la construcción, y encendió un cigarrillo. El hombrecillo y yo continuamos caminando con aire de despiste por el descampado, como si investigáramos algo por cuenta del ayuntamiento. El lugar era perfecto para acabar con él, pues además de no haber nadie por los alrededores, la posibilidad de que apareciera una persona parecía muy remota. Dado, por otra parte, que entre aquel hombre y yo (incluso entre aquel barrio y yo) no existía ningún vínculo, las posibilidades de ser descubierto parecían también nulas.

Entonces supe que lo iba a matar, que iba a matar, lo que produjo en todo mi cuerpo (y en el del hombrecillo) unas alteraciones sorprendentes. Me dolía la garganta, mi estómago había devenido en un puño apretado, mi corazón se golpeaba contra las costillas como la cabeza de un loco contra las paredes de su celda. La ansiedad, por otra parte, me hacía consumir cantidades industriales de oxígeno que tomaba a pequeños pero continuados sorbos por la boca, convertida, debido a la rigidez adquirida por los labios, en una auténtica ranura. Como las piernas no me obedecieran del todo, decidí caminar un poco en dirección al fondo del descampado, rebasando la caseta en ruinas, a una distancia tal que no infundiera sospechas al cojo pobre, que había empezado a observarme con curiosidad. El descampado terminaba en un terraplén a cuyos pies pasaba una autopista por la que los automóviles circulaban a gran velocidad. Mientras contemplaba el tráfico, introduje la mano en el bolsillo y liberé la hoja del cuchillo del papel de periódico con que la había protegido. Luego volví sobre mis pasos encaminándome directamente al lugar donde el hombre fumaba con parsimonia. Una vez frente a él, saqué un cigarrillo y le pedí fuego.

—¿También usted se esconde para fumar? —preguntó pasándome un mechero de plástico.

—Qué va —dije—, estaba dando una vuelta por aquí y al verle fumar a usted se me abrieron las ganas.

Encendí el cigarrillo, le devolví el mechero y permanecí de pie, en actitud casual. Podía acabar con él en cualquier momento, daba igual unos segundos antes que después. En esto, escuché el zumbido de una abeja que se detuvo sobre un cardo e intenté establecer comunicación telepática con ella sin lograrlo.

—¿A qué esperas? —preguntó el hombrecillo.

—No lo sé —dije—, pero no me distraigas.

Sí lo sabía. Esperaba a percibirme como un insecto y a percibir al cojo pobre como otro. De ese modo, mi acción quedaría camuflada dentro de las acciones que la naturaleza produce a millones cada día en cada rincón del universo. Pero transcurrían los segundos y el pobre cojo continuaba siendo un hombre en toda su extensión, lo mismo que yo. Éramos dos hombres, no dos bichos con artejos o apéndices. Si yo sacara el cuchillo, lo haría con una mano dotada de dedos, no con unas extremidades provistas de tenazas. Entonces comprendí que no era ese el día del crimen y en el momento mismo de entenderlo regresó la saliva a la boca (y a la del hombrecillo), se lubricaron nuestras gargantas, se aflojaron nuestros estómagos, se aplacaron nuestros corazones y recuperaron los pulsos de las sienes su ritmo habitual.

—Hasta luego —dije al cojo pobre.

—Adiós, hombre —dijo él.

El hombrecillo, que estaba tan encantado con las sensaciones corporales que le había provocado la salida del miedo de nuestro cuerpo como su entrada en él, no me reprochó que no hubiera matado.

—Ya lo haremos otro día —dijo—, y se nos volverá a secar la garganta y a encoger el estómago y a acelerar el corazón. Qué bien.

Todas las sensaciones le gustaban.

25

Aquel sábado venía a cenar a casa un grupo de colegas de mi mujer. Como era habitual, me encargué yo de la intendencia. Dado que seríamos casi veinte personas, decidí preparar un bufet frío, lo que de un lado no me llevaría demasiado trabajo y de otro obligaría a la gente a moverse, facilitando la comunicación entre los invitados. A mi mujer le pareció bien, de modo que realicé la compra por teléfono, disponiendo que me la hicieran llegar el sábado por la mañana para que los embutidos y los ahumados estuvieran frescos.

A media tarde me metí en la cocina y comencé a desenvolver los paquetes para organizar su contenido. Mientras yo trabajaba, el hombrecillo iba de un lado a otro de la encimera observándolo todo con curiosidad y tomando pequeñísimas muestras de cuanto yo desenvolvía para llevárselas a la boca. No había vuelto a recordarme la necesidad de que matara a alguien si quería copular de nuevo con la mujercilla porque sabía que no era necesario. Yo estaba obsesionado con la idea, que después del ensayo fracasado con el cojo pobre de la periferia me parecía más sencilla de llevar a cabo sin correr grandes riesgos (al margen de los morales, que iban y venían).

En esto, entró mi mujer en la cocina, tomó una taza del armario que estaba justo encima de donde se encontraba en ese instante el hombrecillo, la llenó de agua y la introdujo en el microondas con idea de prepararse una tisana. Yo me quedé literalmente sin aliento, y supongo que bastante pálido también, ante la posibilidad de que reparara en el hombrecillo. Cuando recuperé la capacidad de reacción, eché sobre él un paño de cocina al tiempo que le pedía telepáticamente que se estuviera quieto.

—¿Qué te pasa? —preguntó ella al notar mi alteración.

—Nada, bueno, no sé, quizá un pequeño corte de digestión. La verdad es que me he despertado de la siesta un poco mareado —añadí sin dejar de trabajar en lo que tenía entre manos.

Mi mujer esperó a que el agua se calentara, introdujo en ella un sobre de manzanilla y fue a sentarse a la mesa.

—Por cierto —dijo tras soplar sobre la superficie del líquido, manteniendo la taza entre las dos manos—, ¿le has dicho tú a Alba algo de unos hombrecillos?

—¿Qué Alba?, ¿tu nieta? —pregunté yo ganando tiempo.

—¿Qué Alba va a ser?

—¿Algo de unos hombrecillos? —volví a preguntar.

—Sí —insistió mi mujer—, algo de unos hombrecillos.

—No sé —titubeé como haciendo memoria—, creo que fue ella la que los mencionó y yo le seguí la corriente. Es muy fantasiosa. ¿Por qué?

—Dice su madre que no duerme bien por culpa de esos dichosos hombrecillos.

—Habrá que llevar cuidado con lo que se le cuenta —concluí yo volviéndome hacia mi mujer para mostrarle una fuente de ahumados especialmente bien presentada—. ¿Qué te parece? —dije.

Ella la aprobó de forma rutinaria (estaba acostumbrada a mis habilidades), pero era evidente que tenía la cabeza en otra parte. Al poco, mientras distribuía sobre una tabla de madera las piezas de sushi adquiridas en un japonés cercano, volvió a la carga.

—Y aparte del corte de digestión, ¿cómo estás tú? —dijo.

—Yo, bien, ¿por qué?

—¿Sigues pensando en abandonar las clases el curso que viene?

—He aplazado la decisión —dije.

—Entre los invitados de esta noche —añadió ella— está Honorio Gutiérrez. ¿Lo recuerdas?

—¿El decano de Psicología?

—Sí. Lee tus artículos y tiene muchas ganas de conocerte. He pensado que quizá te convendría hablar con él.

—¿Crees que necesito un loquero? —bromeé.

—A nadie le viene mal una ayuda de ese tipo. No sé si te has dado cuenta, pero llevas una temporada un poco agitado.

—Tengo una idea, quizá para una clase magistral o una conferencia, a la que no consigo dar forma, eso es todo lo que me pasa.

—Bueno, si tienes oportunidad, habla con él —concluyó.

—A sus órdenes —bromeé de nuevo.

Cuando mi mujer nos dejó solos, levanté el paño de cocina para liberar al hombrecillo al tiempo que le pedía disculpas.

—No te preocupes —dijo él con expresión divertida.

Todo le gustaba, todo le parecía bien, a todo le sacaba partido. No era difícil odiarlo. Por mi parte, me quedé preocupado, pues parecía evidente que mi mujer había percibido alteraciones en mi comportamiento. Quizá, pese a mis precauciones, había visto alguna botella de vino abierta, tal vez había notado en mi ropa algún rastro del humo del tabaco. Por otra parte, aun siendo yo de constitución delgada, había perdido peso a lo largo de las últimas semanas.

—Habrá que extremar las precauciones —dije telepáticamente al hombrecillo.

—Tú verás —respondió—, pero mientras preparas la comida podrías tomarte un vasito de vino.

La idea me pareció bien. Si entrara de nuevo mi mujer en la cocina, le diría que había comenzado a picar algo mientras preparaba las ensaladas. Así que abrí una botella y me serví una copa cuyo primer sorbo nos produjo al hombrecillo y a mí una euforia poco común, quizá debido a la excepcional calidad del caldo (era un «reserva especial» según la etiqueta). Lo malo fue que inmediatamente nos apeteció encender un cigarrillo, de modo que cuando hubimos apurado la copa, fui al salón, donde mi mujer leía, y le dije que iba a dar una vuelta a la manzana, para despejarme un poco antes de que llegaran los invitados.

—¿Ya está todo listo? —preguntó ella.

—Prácticamente —dije yo.

—Yo me ocupo de colocar los cubiertos —añadió.

Por precaución, no encendimos el cigarrillo hasta doblar la esquina, y me llevé el humo de la primera calada a los pulmones con una violencia inhabitual, de modo que la nicotina penetró de inmediato en mi torrente sanguíneo (y en el del hombrecillo por tanto), multiplicando la euforia que nos había proporcionado el vino. Qué bueno era el sabor del Camel, qué rubio, qué húmedo, qué tierno.

Por cierto, que era de noche ya, y pese a que vivimos en el centro había muy poca gente por la calle. En el interior de un coche aparcado con la ventana abierta dormía un joven que quizá, pese a la hora, había bebido demasiado. Si hubiera llevado el cuchillo encima, podríamos haberle rebanado el gaznate sin dejar rastro. Aunque tengo entendido que la sangre de las arterias que pasan por el cuello sale con mucha violencia al exterior y nos podría haber manchado.

Antes de subir a casa, mastiqué un chicle especial, contra la halitosis, y me perfumé las manos con un frasquito de colonia que solía llevar en el bolsillo. Mi mujer hablaba por teléfono.

26

La cena transcurrió bien, sin sorpresas, quiero decir. El mundo académico es una comunidad pequeña y mezquina, donde todo el mundo se odia, se teme, o se necesita, quizá se odia y se teme porque se necesita. En todo caso, sus miembros actúan como si se quisieran. Tal como habíamos previsto, el bufet —que fue muy alabado— sirvió para que los círculos se renovaran con frecuencia. Yo procuré permanecer, como siempre, en un segundo plano, ocupándome de que todo estuviera a punto.

Mientras iba de acá para allá con las bandejas o las bebidas, conversaba telepáticamente con el hombrecillo, que, instalado dentro del bolsillo superior de mi chaqueta, no paraba de plantear cuestiones acerca de lo que veía. Procuré evitar, sin resultar grosero, la compañía de Honorio Gutiérrez, el decano de Psicología, aunque pasé varias veces cerca de él cogiendo al vuelo fragmentos de su conversación entre los que brillaban como diamantes expresiones tales como «estados crepusculares», «labilidad afectiva» o «rumiaciones obsesivas». Todas me gustaron para mis artículos. De hecho, la Bolsa era muy lábil desde el punto de vista afectivo, y sus ganancias, por aquellos días, eran crepusculares, lo que había provocado la aparición de un inversor muy dado, como el yerno de mi mujer, a las rumiaciones obsesivas. En algún momento, observando desde la puerta de la cocina la reunión académica, vi el abismo que me separaba de aquel mundo, del mundo en general, y me asombré de haber sido capaz no ya de sobrevivir, sino de medrar en él.

Hacia el final de la cena, y como advirtiera que el propio Honorio Gutiérrez había intentado hacerse el encontradizo conmigo, pensé que continuar evitándolo podría interpretarse como la prueba de que yo padecía algún desarreglo. De modo que tras asegurarme una vez más de que los invitados estaban atendidos, me acerqué a su círculo y presté atención a lo que decía. Pronunciaba en ese instante la expresión «estrechamiento del campo de la conciencia», que también me subyugó y que memoricé para usarla más adelante en mi provecho.

Al cabo de unos minutos, ignoro si por casualidad o porque él llevó a cabo maniobras dirigidas a conseguir ese objetivo, nos quedamos solos, momento en el que se interesó por mi vida. Le dije que trabajaba en casa, como venía haciendo desde que me jubilara, aunque daba también alguna clase de doctorado y dirigía un par de tesis.

—Para obligarme a salir —añadí pensando que tal comportamiento revelaba una actitud mental saludable.

Él aseguró que leía mis artículos (lo que me pareció muy improbable), para perderse enseguida en un laberinto verbal que lo condujo, tras dar varias vueltas, a la insinuación de que a mi edad se producían cambios hormonales y psíquicos que a veces requerían algún tipo de «ayuda», desprendiéndose de sus palabras que estaba dispuesto a proporcionármela. Aunque el hombre había intentado contextualizar su comentario de modo que no pareciera inoportuno, resultó tan inadecuado que él mismo se dio cuenta.

—Perdona si me he metido en lo que no me importa —se vio obligado a añadir al terminar su perorata.

Yo me limité a darle las gracias por su interés, informándole de que por fortuna dormía y comía bien, además de estar lleno de ideas y proyectos personales que en algún momento me habían hecho dudar acerca de si dejar o no las clases.

—Pero ya he decidido que no —añadí con resolución—, pues aunque el contacto con los alumnos me fatiga, creo que me rejuvenece también.

A continuación, tras expresar la alegría que nos había proporcionado su presencia, me disculpé para despedir a unos invitados que emprendían la retirada en ese instante. Como es frecuente en este tipo de reuniones, la iniciativa fue secundada por la mayoría y al poco se habían marchado todos.

Cuando nos quedamos solos, al comentar las incidencias de la noche con mi mujer, me ocupé de resaltar las virtudes de Honorio Gutiérrez, de quien dije que era un hombre muy preparado y perspicaz, lo que pareció tranquilizarla. Después le sugerí que se fuera a la cama, pues la veía muy cansada, mientras yo me ocupaba de recoger el salón, diligencia que ejecuté sin prisas, demorándome en los pequeños detalles, mientras le daba vueltas a la idea de fumarme un Camel antes de retirarme.

Cuando hube llevado las copas, los platos, las bandejas y la cubertería a la cocina, dejándolo todo dispuesto para fregarlo al día siguiente (di un aclarado a los platos y a las copas), salí al pasillo y me dirigí al dormitorio, entreabriendo la puerta con cautela. Una vez hube comprobado que mi mujer dormía profundamente, tomé de mi cuarto de trabajo un cigarrillo, regresé con él a la cocina y lo encendí asomado al patio interior. Aunque la mayoría de las ventanas permanecían apagadas, oculté la brasa, por si acaso, con la palma de la mano, pero fumé sin ansiedad, sin miedo, pues la tensión de las horas anteriores me había provocado un cansancio que favorecía la indiferencia.

Recuerdo cada una de las caladas de aquel cigarrillo de un modo especial. Si cierro los ojos, aún puedo evocar la atmósfera primaveral de la noche, a la que mis sentidos eran tan sensibles como los de un adolescente. Y tampoco he olvidado el retal de cielo con estrellas que se veía al levantar los ojos. Tal era mi grado de ensimismamiento que no advertí la llegada de mi vecina, la de los vinos, a la ventana de enfrente hasta que ella misma me saludó.

—Buenas noches —respondí desencajado por el susto al tiempo que ocultaba la brasa del cigarrillo.

—¿Verdad que da gusto fumar asomado a este patio? —dijo ella.

—En realidad —dije—, yo no fumo.

—Yo tampoco —replicó la mujer riendo con expresión cómplice al tiempo que mostraba su cigarrillo, que, por el olor que desprendía, no era de tabaco.

Sonreí de manera patética, como cogido en falta, y alabé, por cambiar de conversación, los vinos que de vez en cuando nos hacía llegar.

—Precisamente —dije—, hoy han venido a cenar unos colegas de mi mujer que han preguntado más por tus vinos que por mi comida.

—Es que solo trabajo con calidad —replicó dando una calada.

—Bueno, pues si me perdonas —dije yo—, voy a acabar de recoger la cocina. Buenas noches.

—Buenas noches y no te apures, que te guardaré el secreto —concluyó lanzando una mirada de inteligencia hacia la mano donde ocultaba mi cigarrillo.

Me retiré algo turbado hacia el interior. Gracias a las excursiones del hombrecillo, había visto desnuda en más de una ocasión a esa joven, que gozaba por cierto de una excelente figura. Apagué el cigarrillo en el fregadero y lo arrojé a la basura envuelto en una servilleta de papel. Luego esperé a que mi vecina se hubiera retirado también de la ventana y me dirigí telepáticamente al hombrecillo, sugiriéndole que se colara en la casa de al lado, para espiar a la vecina.

—Tú pides mucho —dijo él aludiendo, pensé, a mi deuda.

Pero, dicho esto, saltó desde el bolsillo de mi chaqueta hasta la encimera y alcanzó velozmente el marco de la ventana, desde donde brincó a su vez a una de las cuerdas de tender la ropa por la que se deslizó a cuatro patas con la habilidad de una lagartija. A medida que avanzaba por el tendal, yo veía aproximarse la ventana de la casa de enfrente a través de sus ojos con un efecto semejante al de la cámara subjetiva en el cine. Pero cuando estaba a punto de entrar en la vivienda se interrumpió la comunicación entre nosotros.

Aquella madrugada me desperté con un sabor de boca muy desagradable que no supe a qué atribuir.

27

Al mal sabor de boca, que se repitió a lo largo de los días siguientes, se añadía la sensación de tener en la lengua y en la garganta un material arenoso, polvoriento, cuyos orígenes me eran desconocidos. Pensé, naturalmente, que quizá habría que buscar su causa en la boca del hombrecillo, pues aunque continuaba fuera de cobertura, algunas de sus actividades orgánicas se reflejaban todavía en mi cuerpo. Fracasados todos mis intentos por establecer comunicación telepática con él, procuré no prestar atención a aquellas sensaciones, aunque cuando aparecían me provocaban el vómito, no tardaría en descubrir por qué.

Entre tanto, la idea del crimen comenzó a repugnarme, en parte por el miedo al castigo, pero en parte también por una suerte de inclinación moral de la que eran víctimas mis emociones, no mi razón. La idea de copular de nuevo con la mujercilla seguía actuando en mi voluntad, desde luego, pero no tanto como el miedo.

Comprobé que a medida que la desaparición del hombrecillo se prolongaba, más extrañeza sentía de la especie de crápula en que me había convertido, de modo que al recordar algunos de los episodios en los que me había visto envuelto desde su aparición sentía una vergüenza enorme (pese a que la vecina había prometido guardarme el secreto, me obsesionaba también la idea de que coincidiera en el ascensor con mi mujer y le comentara que me había visto fumar). Sufría verdaderos ataques de pánico frente a la idea de verme obligado a justificarme.

Ese pánico me volvió provisionalmente virtuoso. Gracias a él y a sus efectos, las sospechas y la desconfianza de mi mujer se diluyeron, no de inmediato, pero sí a lo largo de los días siguientes, durante los que llevé una existencia ejemplar. Fumaba de manera esporádica y con tal sentimiento de culpa que pronto destruí el paquete de tabaco oculto y me deshice del mechero. Dejé de beber también, y de masturbarme. En poco tiempo, logré recomponer mi imagen de profesor de universidad y experto en asuntos económicos. Orienté al yerno de mi esposa acerca del comportamiento crepuscular de la Bolsa, llevé a Alba, su hija, al cine y acepté el ofrecimiento de participar en una tertulia radiofónica sobre temas de actualidad que había rechazado, para disgusto de mi mujer, en otras ocasiones.

El hombrecillo, desde dondequiera que se encontrara, me dejaba hacer. Quizá, como tenía aquella capacidad de disfrutar con todo lo que le ofrecía la vida, obtenía algún partido también de mi existencia virtuosa. Yo permanecía atento a cualquier síntoma que anunciara su regreso, pero no percibía nada, aparte de determinadas sensaciones orgánicas atribuibles a alguna actividad suya. Entre estas sensaciones, además del tacto arenoso localizado en la garganta y en la lengua, cabría destacar la de unos pequeños calambres de placer, semejantes a orgasmos diminutos, que me acometían en los momentos más inadecuados y que no siempre lograba disimular. Deduje que el hombrecillo se masturbaba todo el rato y que aquellos calambres procedían de sus orgasmos.

—¿Qué te pasa? —preguntaba mi mujer.

—Nada, un calambre —decía yo llevándome una porción de verduras a la boca.

Un día, cuando ya había recuperado mis rutinas anteriores y atravesaba uno de esos periodos de paz (aunque también de tedio) marcados por la ausencia de los hombrecillos, se restableció de súbito la cobertura. Fue tras el desayuno, y después de que mi mujer se hubiera ido a la universidad. Estaba yo recogiendo las tazas cuando mis ojos, sin dejar de ver lo que tenían delante, vieron también lo que tenían delante los del hombrecillo.

Lo diré rápido: mi antiguo doble se había instalado en el piso de los vecinos, que no eran muy limpios, y se pasaba el día buscando debajo de los muebles cadáveres de moscas y de otros insectos que se llevaba a la boca entre susurros de placer. Disfrutaba de las patas de las arañas como si fueran patas de centollo y no era raro que de postre se metiera en la boca una pelota de esqueletos de ácaros amasados con polvo (de ahí la sensación arenosa señalada más arriba).

—¿Qué haces? —pregunté asqueado, pues también la comunicación telepática se había restablecido.

—Me entretengo mientras decides a quién matar —dijo.

Volví a entrar en el túnel, en fin, como había salido de él. Observada mi vida con la perspectiva de los años, advertí que en ella se habían alternado desde siempre los estados de paz con los de agitación. Desde la agitación, añoraba la paz y, desde la paz, la agitación. Ahora, de haber podido elegir, y dado que me había acercado tanto al precipicio, habría elegido la paz, pero tampoco estoy muy seguro. Regresé al Camel, en fin, a las prácticas onanistas, al alcohol, a las prostitutas, al desorden. Todo ello, en un intento de obtener una tregua del hombrecillo. Pensaba que cuanto más retrasara el momento de cometer el crimen que se me solicitaba, más probabilidades habría de que algo, incluida mi propia muerte, lo impidiera.

En este regreso al infierno, descubrí que el vodka hacía daño al estómago del hombrecillo (aunque también al mío) y que lo dejaba fuera de circulación durante algunas horas, por lo que comencé a abusar de él. Lo bebía en un bar algo alejado de mi calle y chupaba unas pastillas especiales para la halitosis antes de volver a casa. Mientras duraban los efectos de esta bebida, el hombrecillo no comía moscas ni ácaros ni polvo. Tengo un recuerdo impreciso de lo que duró esta época. En todo caso, creo que fui capaz de establecer una separación eficaz entre mis dos vidas, de modo que no levanté sospecha alguna en mi mujer.

28

Entonces, mi mujer tuvo que viajar al extranjero para acudir a un encuentro internacional de rectores. Por primera vez desde que estábamos juntos, me pareció liberadora la idea de quedarme solo, pues habían llegado a fatigarme hasta el agotamiento las cautelas a que me obligaba su presencia. La acompañé al aeropuerto y, cuando me cercioré de que su avión había despegado con ella dentro, compré allí mismo tabaco para varios días, volví a casa, me encerré en mi cuarto de trabajo y encendí un cigarrillo sin tomar ninguna precaución, utilizando como cenicero una taza de café. Ya recogeré, me decía pensando que tenía una semana (¡una eternidad!) por delante, ya ventilaré, ya limpiaré, ya ordenaré...

¡Qué laborioso resulta construir un orden y qué sencillo acabar con él! Al tercer día había colillas y vasos de vino a medio consumir por todas partes. La cama, por supuesto, permanecía sin hacer y los cacharros sucios desbordaban la pila de la cocina. Ni siquiera me preocupé de llamar a la facultad para anunciar que faltaría a las clases de esa semana o a los periódicos para avisarles de que no esperaran mis colaboraciones. Ya lo arreglaría todo a la semana siguiente.

El teléfono sonaba tres o cuatro veces a lo largo del día, pero yo solo atendía las llamadas que se producían a partir de determinada hora de la noche, pues mi mujer solía telefonear después de cenar para preguntar cómo iba todo. Como era habitual entre nosotros, manteníamos conversaciones breves y muy centradas en asuntos domésticos. Tras colgar, me paseaba desnudo y descalzo por el pasillo con una soltura inédita en mí, pues incluso en los momentos más confusos de mi existencia había procurado mantener el orden exterior al objeto de evitar que se viniera abajo todo el edificio.

El edificio se vino abajo durante aquellos días. Comía en la cama (en la de mi mujer, por cierto, para que el desorden fuera mayor), bebía en la cama, me masturbaba en la cama, todo ello mientras mantenía con el hombrecillo conversaciones telepáticas que no iban a ningún sitio. Advertí que sabía de sí mismo menos de lo que yo sabía de mí y que tampoco conocía a fondo el mundo de los hombrecillos, al que teóricamente pertenecía. Pero no le importaba porque era superficial. Le gustaban los nuevos olores de mi cuerpo, igual que a mí, que me llevaba con frecuencia la mano a los sobacos o a la entrepierna y después a la nariz o a la lengua, para gozar con todos los sentidos posibles de la sima de suciedad en la que me había precipitado.

Cada minuto de mi existencia anterior había estado marcado por el miedo a un desplome como aquel en el que sin embargo ahora me deleitaba. Curiosamente, me había arrojado a los brazos del desorden con la misma violencia con la que durante toda mi vida me había defendido de él. Pero no es tan grave, me decía observándome con procacidad en los espejos, no estoy dimitiendo de nada, sino descansando de todo.

A veces, imaginaba que la sima me atrapaba de tal forma que no era capaz de abandonarla y que mi mujer, al volver a casa y abrir la puerta, recibía en plena cara aquella bofetada de olores inconvenientes: el del alcohol, el de mis vómitos, el del tabaco, el de mi suciedad corporal, el de las sábanas sudadas, el de las sartenes sin fregar... La imaginaba cerciorándose primero de que había entrado realmente en su casa y luego la distinguía avanzando con gesto de aprensión por el pasillo, en dirección al dormitorio. Veía su expresión de horror al descubrirme sobre su cama, desnudo (a excepción de un collar suyo, de perlas, que había logrado fijarme en el sexo de modo que sus cuentas me acariciaran el escroto), sin afeitar, sin duchar, greñudo, obsceno, rodeado de platos llenos de colillas y de botellas de vino vacías, pero también de sus bragas y sus sujetadores, que aparecían aquí y allí como los restos de un naufragio.

En una de esas escenas imaginadas ella huía corriendo y al poco aparecían unos camilleros que me inyectaban algo y me sacaban de la casa. En otras, ella perdía el conocimiento y era yo quien tenía que prestarle ayuda. Pero había una en la que se acercaba a donde yo yacía y me preguntaba con dulzura qué ocurría y yo le contaba que aquello llevaba ocurriendo en realidad toda la vida, toda mi vida, desde que tenía memoria, aunque me había resistido a ello como el que se resiste a caer al fondo de un despeñadero, asido desesperadamente a una raíz que se había roto durante aquellos días en los que ella me había dejado solo. Y al contárselo lloraba y aquellas lágrimas excitaban a mi mujer, que se arrancaba el vestido y la ropa interior y me ofrecía en medio de aquella confusión cada una de las partes de su cuerpo con la desenvoltura con la que la mujercilla me había ofrecido cada una de las partes del suyo.

Ahí estaban sus párpados, con aquella extraña calidad de papel, ahí su boca de labios delgados y anhelantes, quizá un poco crueles, y su lengua aguda y ágil como la punta de un látigo. Ahí estaba su cuello, como un pasadizo misterioso por el que se deslizaban al tronco los productos de la boca, ahí sus pezones belicosos y oscuros, como dos nudos de una madera negra, compensando con su enormidad el tamaño de unos pechos casi inexistentes y cuya capacidad de seducción residía precisamente en su fracaso. Ahí estaba el ojo ciego de su ombligo y la región fabulosa denominada vientre, ahí estaban sus labios vaginales, tan elegantes, desde luego, como los de la boca, pero más torturados que ellos, más complejos, y enormemente vulnerables, pues llevaba rasurado el sexo y su periferia. Ahí estaban también sus nalgas, casi indiferenciadas de los muslos, protegiendo la entrada a un culo desconfiado, quizá algo miedoso... Y ahí estaba yo, dibujando sobre las sábanas, con su cuerpo y con el mío, caligrafías en las que no era posible reconocer ninguna escritura, al menos ninguna escritura de este mundo, porque nos encontrábamos en otro. Y ese otro mundo poseía una calidad de real semejante al de los hombrecillos, de modo que a veces, pese a las diferencias entre el cuerpo de la mujercilla y el de mi esposa (uno era redondeado y el otro afilado), ambos se confundían en mi imaginación de tal manera que las poseía simultáneamente a las dos.

29

Al cuarto o al quinto día, no sé, me vestí de cualquier modo, cogí las llaves de casa y la cartera, y salí a la calle a por provisiones. Aunque había perdido la noción del tiempo, advertí por la posición del sol y por la actividad ciudadana que era mediodía. Resultó estimulante comprobar que el mundo continuaba funcionando con regularidad, con ritmo. Dado que las calles de ese mundo no habían perdido eficacia alguna, me deslicé por ellas como un ratón por un laberinto observándolo todo con extrañeza, con cierta admiración también, y compré cigarrillos en un estanco algo alejado de casa. Al abandonar el establecimiento, el hombrecillo, que se había instalado según su costumbre en el bolsillo superior de la chaqueta, me preguntó telepáticamente si habíamos salido por fin para matar.

—¿Acaso no ves cómo me estoy matando yo? —respondí.

—Yo hablo de matar a otro —dijo él.

La idea del crimen continuaba repugnándome por las fatigas morales que implicaba, pero también por sus peligros físicos evidentes. Aunque ya habíamos matado sin pagar por ello en el mundo de los hombrecillos, la suerte no podría acompañarnos siempre.

—En este mundo —dije—, matar es más peligroso que en el de los hombrecillos.

—Sabrás tú lo peligroso que es el mundo de los hombrecillos —replicó él con tono de burla.

Nos encontrábamos en ese momento delante de una pescadería excelentemente surtida en cuyo escaparate había un tanque de agua con marisco vivo en su interior. Entonces se me ocurrió una idea.

—Voy a proporcionarte una experiencia de la muerte —dije— que recordarás siempre porque no se parece a ninguna otra.

Entré en la pescadería y adquirí un bogavante de algo más de un kilo que agitó la cola con desesperación (quizá con cálculo, no sé) al ser extraído del tanque. Estaba provisto de dos pinzas enormes cuyas piezas permanecían inmovilizadas por sendas gomas elásticas muy anchas, de color verde.

—¿Qué vamos a hacer con ese animal? —preguntó telepáticamente el hombrecillo.

—Lo vamos a matar del modo más cruel que puedas imaginar y luego nos lo vamos a comer —dije yo.

Al hombrecillo le pareció bien, lo que me proporcionó un respiro, aunque también pensé que cuanto más retrasara el crimen más sacrificios tendría que ofrecerle.

De regreso a casa, dejé al animal sobre el fregadero de la cocina y fui a ponerme cómodo. A mi mujer y a mí nos gustaba el marisco, que tomábamos con alguna frecuencia, de manera que sabía manejarme con el bogavante. Dudé si hervirlo, pues cuando el agua comienza a calentarse emite una especie de gemido que parece que proviene de una boca como la nuestra atrapada en el interior de la coraza. Pero me pareció que el hombrecillo disfrutaría más si lo hiciéramos a la plancha, lo que implicaba abrirlo longitudinalmente en vivo para obtener dos mitades iguales que era preciso asar en el momento, al objeto de que no se perdieran sus jugos.

Con el hombrecillo encaramado al borde de la campana extractora de humos, desde donde disfrutaba de una perspectiva excelente, encendí la plancha y eché un poco de aceite que distribuí por toda su superficie con una servilleta de papel. A continuación dispuse una gran tabla de madera sobre la encimera y cuando calculé que la plancha estaba caliente, tomé al animal, lo coloqué boca arriba y, sujetándolo por la cabeza, lo dejé colear hasta que se fatigó o se resignó. Luego tomé un cuchillo de hoja curva y ancha, tan largo como el bogavante, cuyo filo coloqué longitudinalmente sobre su cuerpo. Enseguida, protegiéndome la mano con una manopla, hice presión sobre la hoja hasta vencer la resistencia de la coraza, penetrando en el abdomen y en la cabeza cuanto me fue posible. A continuación balanceé el cuchillo para que su hoja llegara a todas partes.

El animal se resistía de tal modo que, de no haber tenido práctica, habría saltado de la tabla y, casi partido en dos, habría continuado agitándose en el suelo. Una vez que el cuchillo hubo penetrado hasta el fondo, golpeé con una maza de madera la parte opuesta al filo hasta obtener dos partes simétricas.

Mientras actuaba, explicaba telepáticamente al hombrecillo cada uno de los pasos que daba y las dificultades que me salían al paso. Lo impresionante, como había comprobado ya en otras ocasiones, fue que aquellas dos partes separadas continuaban vivas, aunque ignoro cómo se relacionaban entre sí. Antes de echarlas a la plancha, liberé sus pinzas, para que el hombrecillo viera cómo buscaban desesperadamente algo a lo que aferrarse. Recordé haber leído no sabía dónde que en las decapitaciones la cabeza cortada conservaba durante unos segundos todas sus funciones. ¿Cómo sería la sensación de no pertenecer ya a un cuerpo? ¿Qué sentiría esa cabeza al contemplar el mundo desde la perspectiva de una fruta grande y pesada, caída al suelo de cualquier modo? En el caso del bogavante, las funciones vitales se mantuvieron en las dos mitades de su organismo incluso un rato después de que las arrojara sobre la plancha, donde se agitaron al asarse sobre los jugos liberados por las entrañas del crustáceo.

Sudando por el esfuerzo y por la excitación, fui a sentarme en una banqueta mientras las piezas del bogavante se asaban. Aun medio hecho, continuaba moviendo las patas y abriendo y cerrando lentamente sus pinzas. El hombrecillo y yo asistíamos al espectáculo con la fascinación y la extrañeza de quienes habían sido en otro tiempo un solo individuo constituido por dos territorios orgánicos alejados entre sí. Todavía, en algunos aspectos, continuábamos siendo uno, de modo que cuando me senté a comer el bogavante, acompañado de una de las botellas de vino blanco que nos había regalado la vecina, el estómago del hombrecillo disfrutó tanto como el mío. Le gustaron especialmente las partes blandas del interior de la cabeza, cuyos recovecos me instó a chupar una y otra vez hasta dejarla seca. Fue una cena cruel, una de las mejores de mi vida, que clausuré con varios cigarrillos y dos o tres cafés antes de arrastrarme a la cama, donde aún encontramos fuerzas para masturbarnos.

30

Al día siguiente, si aquello era el día siguiente, me desperté con fiebre e intuí que algo iba a suceder. Tras arrastrarme hasta el cuarto de baño, donde mis intestinos se vaciaron con violencia, regresé a la cama, di un par de vueltas entre las sábanas sucias y me dormí. Pasado un tiempo indeterminado, desperté de nuevo, aunque, víctima de uno de esos estados de catatonia atenuada que sufro de vez en cuando, no fui capaz de mover un solo músculo. Entonces, sentí que alguien caminaba por encima de mi pecho y supe que los hombrecillos habían regresado.

—¿Qué hacéis? —pregunté telepáticamente.

No recibí una respuesta inmediata, porque parecían, por su modo de actuar, muy atareados. Al poco, sin embargo, uno de ellos trepó hasta mi rostro, me levantó uno de los párpados y me informó de que habían despiezado a mi doble, restituyendo cada una de sus partes al órgano de mi cuerpo del que en su día la habían extraído.

—Ahora —añadió— conviene que duermas un par de horas. Cuando despiertes, te sentirás bien y con ánimos para seguir con tu vida.

—¿Por qué hacéis estas cosas? —pregunté.

—No vamos a estar ociosos todo el día —dijo él.

Me dormí y cuando desperté era mediodía. Enseguida noté un optimismo corporal que no sentía desde la juventud. Me habría ido de excursión a la montaña en ese instante. Al mirarme en el espejo, noté los ojos un poco irritados, pero me pareció también que poseían una visión más aguda. Y no tenía ninguna dificultad para la pronunciación de la erre. En cuanto al rectángulo rosado que me había quedado en el muslo de la anterior operación, estaba cubierto ahora por una piel curtida y se advertían alrededor las señales de la costura.

Intenté comunicarme telepáticamente con el hombrecillo, para cerciorarme de su desaparición, y no recibí, en efecto, señal alguna. Ahora formaba parte de mí. Éramos un estado con un solo territorio. Todavía perplejo, fui a la cocina y tomé un zumo de naranja. Luego abrí las ventanas para que se ventilara la casa, que limpié minuciosamente de arriba abajo. Me desprendí por supuesto de los paquetes de tabaco sin fumar y guardé las botellas de vino sin abrir en un lugar de difícil acceso, de donde decidí que solo rescataría alguna en celebraciones especiales.

A los dos días, cuando mi mujer volvió del Congreso Internacional de Rectores, dijo que me encontraba muy cambiado.

—En el buen sentido —añadió—, como si te hubieras quitado unos años de encima.

Le dije que durante aquellos días había pensado reunir en un volumen los artículos que venía publicando en la prensa y le pareció bien. Ella, por su parte, venía eufórica del encuentro con sus colegas. Tenía la cabeza llena de proyectos académicos y más que académicos. Confidencialmente, me confesó que se avecinaba una crisis de gobierno y que su nombre sonaba para una Secretaría de Estado del Ministerio de Educación.

—¿Y por qué no para ministra? —pregunté yo.

Ella se ruborizó de placer al tiempo que hacía un gesto de modestia con la mano.

Por la noche, mientras yo me desvestía, dijo desde el baño que había pensado en poner otra vez una cama de matrimonio.

—De las grandes —añadió—, para que podamos ir y venir.

—Te echaba de menos —dije yo.

Esa madrugada me desperté, fui a la cocina, me preparé un té y busqué a los hombrecillos, pero no había rastro de ellos. Al meterme las manos en los bolsillos de la bata, tropecé con unos mendrugos de pan que arrojé a la basura y regresé al dormitorio, donde me dormí enseguida.

Epílogo

A los dos años de la desaparición de los hombrecillos, falleció mi mujer, frustrada en la mayor parte de sus aspiraciones políticas. Su ausencia me hizo tanto daño que también yo estuve a punto de morir. Creo que las rutinas con las que siempre había llenado la existencia diaria, y que no abandoné (o no me abandonaron), fueron decisivas para salir adelante.

Al poco de su desaparición, mis vecinos, que durante aquellos días de duelo se preocuparon mucho por mi bienestar, tuvieron una hija, lo que sirvió para estrechar nuestras relaciones, pues enseguida advirtieron que yo era un canguro perfecto para la niña, que ahora cuenta seis años y pasa muchas horas en mi casa. Sus padres pagan mis servicios con vino y discos que ni bebo ni escucho, y que se van acumulando en la habitación más oscura de la casa. A la niña le cuento historias de los hombrecillos, unas inventadas, otras reales, que escucha con una atención asombrosa, como si le fuera la vida en ello.

Resulta que curioseando aquí y allá, descubrí hace poco la existencia de una tradición literaria de la que no tenía noticia (soy mal lector de ficción), basada en estos seres pequeños. Existe incluso un documento según el cual se pueden fabricar hombrecillos efectuando un pequeño agujero en la cáscara de un huevo de gallina e introduciendo en él una pequeña cantidad de esperma humano. Si el huevo se sella y se le proporcionan las condiciones ambientales precisas, a los treinta días surge de él un hombrecillo perfectamente conformado que se alimenta de semillas y lombrices. Me llamó la atención, al leer este documento, la coincidencia con el origen de mis hombrecillos, que eran en parte ovíparos.

Abandoné por fin las clases de la facultad, pero escribo aún artículos de economía para un periódico y realizo de vez en cuando, siempre por encargo, informes sobre el comportamiento de la Bolsa, que continúa siendo mi especialidad, o eso creen quienes me los encargan.

Una o dos veces al mes me encuentro con la hija de mi mujer, a la que ayudo materialmente y con consejos. Su marido, del que se divorció, tiene problemas con la justicia a cuenta de un desfalco cometido en el banco en el que trabajaba. La niña, Alba, que es ya una adolescente, me observa siempre con prevención y le da un acceso de tos si le devuelvo la mirada, como si yo supiera que ella sabe y ella supiera que yo sé.

En cuanto a los hombrecillos, no han vuelto a manifestarse. Y aunque los recuerdo con nostalgia, quizá no tendría fuerzas, a mis años, para sobrellevar otra de sus visitas.

Este libro se terminó
de imprimir en
Fuenlabrada, Madrid,
en el mes de
enero de 2023